Deseo™

Asuntos pendientes

MAUREEN CHILD

HARLEQUIN™

Editado por HARLEQUIN IBÉRICA, S.A.
Núñez de Balboa, 56
28001 Madrid

I.S.B.N.: 978-84-671-7989-7
Depósito legal: B-16593-2010
Editor responsable: Luis Pugni
Preimpresión y fotomecánica: M.T. Color & Diseño, S.L.
C/ Colquide, 6 portal 2 - 3º H. 28230 Las Rozas (Madrid)
Impresión y encuadernación: LITOGRAFÍA ROSÉS, S.A.
C/ Energía, 11. 08850 Gavá (Barcelona)
Fecha impresion para Argentina: 20.12.10
Distribuidor exclusivo para España: LOGISTA
Distribuidor para México: CODIPLYRSA
Distribuidores para Argentina: interior, BERTRAN, S.A.C. Vélez
Sársfield, 1950. Cap. Fed./ Buenos Aires y Gran Buenos Aires,
VACCARO SÁNCHEZ y Cía, S.A.
Distribuidor para Chile: DISTRIBUIDORA ALFA, S.A.

Capítulo Uno

Otro chillido estridente atravesó los oídos de Devlin como la afilada hoja de un cuchillo.

Ésa era la cuarta secretaria que recibía un ramo de flores o una caja de bombones en lo que iba de mañana.

–Deberían abolir el día de San Valentín –masculló.

–No tienes remedio, jefe.

Devlin le lanzó una rápida mirada a Megan Carey. La rubia asistente cincuentona sacudió la cabeza, dándole por un caso perdido.

–No tienes nada que comentar. Qué bien –dijo Devlin, sabiendo que era mejor cortar a Megan antes de que empezara a contarle sus problemas.

–No he dicho nada.

–Es la primera vez –murmuró él entre dientes.

El primogénito del clan Hudson ocupaba una posición de poder dentro de la estirpe y una sola mirada suya bastaba para fulminar a agentes y actores. Pero Megan era su mano derecha y eso le daba derecho a decir lo que pensaba.

–Pero… El día de San Valentín es mañana.

–Dios mío –exclamó Devlin–. Nos queda otro día más de suplicio.

–Hombre… ¿Es que Cupido nunca te ha hecho una visita?

–¿No tienes trabajo que hacer? –le dijo él, atravesándola con una mirada reservada a los directores que se pasaban del presupuesto.

–Créeme cuando te digo que hablar de esto contigo es trabajo.

Devlin casi sonrió. Casi…

–Muy bien. Dispara de una vez para que pueda seguir trabajando.

–De acuerdo. Lo haré.

Devlin la miró con escepticismo.

Megan Carey siempre decía lo que le venía en gana y era inútil intentar detenerla.

–Como decía antes… –empezó a decir, dejando un montón de mensajes sobre el escritorio de Dev y apoyando las manos en las caderas–. Mañana es el día de San Valentín. Un hombre listo aprovecharía la oportunidad para enviarle unas flores a su mujer, o unos bombones…

Dev recogió los mensajes de la mesa y se puso a examinarlos, ignorándola.

Pero eso tampoco funcionaría… Él lo sabía muy bien.

–Estoy pensando que… Cualquier esposa estaría encantada de recibir un regalo de su marido en un día tan especial como éste.

–Valerie y yo estamos separados, Megan –le recordó Dev en un tono de tensión.

Lo último que quería era hablar de su matrimonio o de su mujer, sobre todo porque había sido ella quien lo había dejado.

Lo había dejado…

Una llamarada de rabia recorrió las entrañas de Dev.

¿Cómo se había atrevido a abandonarle así como así?

«¿Por qué?», se preguntó una vez más.

Siempre se habían llevado bien. Ella tenía las puertas abiertas en todas las tiendas de lujo de Rodeo Drive y todo el tiempo del mundo para irse de compras…

Además, ni siquiera había tenido que preocuparse de bregar con sirvientes y amas de llaves porque vivían en su propia suite dentro de la mansión Hudson.

Sólo había tenido que vivir con él; estar con él.

Pero eso no había sido suficiente para Valerie y, en cuestión de unos días, su esposa se había convertido en una mujer separada que vivía en un apartamento de alto standing de Beverly Hills.

Los reportajes sobre ella se sucedían uno tras otro en las revistas; fotos de almuerzos en restaurantes de moda, instantáneas robadas mientras compraba en alguna tienda…

A juzgar por las imágenes, bien podría haber estado saliendo con alguno de los hombres con los que aparecía en las fotografías.

Devlin apretó el puño alrededor del montón de mensajes hasta hacer crujir el papel.

Que alguien saliera con su esposa… Eso era totalmente inaceptable.

—Así es, jefe —dijo Megan, en un tono de aprobación—. Estáis separados, no divorciados.

—Megan… Si le tienes aprecio a tu trabajo, deja el tema de una vez. Ya.

Ella soltó un suspiro cercano a un bufido.

—Oh, por favor, no podrías llevar este sitio sin mí, y los dos lo sabemos.

Una voz profunda sonó desde el umbral.

—Si te echa, Megan, yo te contrataré por el doble de sueldo.

Dev miró a su hermano Max.

—Qué demonios, te pagaré para quedarme con ella.

Megan frunció el ceño.

—Debería irme —dijo—. Sólo para demostraros lo indispensable que soy aquí. Pero no lo haré, porque soy demasiado buena como para cruzarme de brazos mientras este sitio se va al garete sin hacer nada al respecto —levantó la barbilla y salió del despacho con una mirada reprobatoria.

Dev se recostó en el respaldo de su mullida butaca de cuero.

–¿Por qué no la echo?

Max avanzó hacia el escritorio y se sentó frente a su hermano mayor.

–Porque… –le dijo mientras se ponía cómodo– lleva treinta años aquí, nos conoce desde que éramos niños y probablemente nos mataría si intentáramos librarnos de ella.

–Bien pensado –Dev sacudió la cabeza y miró a su alrededor.

Llamativos pósters de las películas colgaban de las paredes y las ventanas ofrecían una vista privilegiada de los Estudios Hudson.

Ése era su mundo. Allí era donde hacía el trabajo que le hacía feliz.

Pero entonces, ¿por qué no estaba feliz?

–¿Qué mosca la ha picado ahora?

Dev miró a su hermano de reojo.

–Dice que debería mandarle flores a Val por San Valentín.

–No es mala idea –dijo su hermano, entrelazando los dedos–. Acabo de enviarle un ramo de rosas a Dana, y también le he mandado una enorme caja de bombones. ¿Por qué no le regalas algo a Val?

–¿Te has vuelto loco? –Dev se puso en pie y comenzó a andar por la habitación con paso ansioso–. ¿Quieres comprarle algo a tu novia por San Valentín? Muy bien. Pero Val me dejó, ¿recuerdas?

–No me extraña. ¿No crees?

—¿Y eso qué demonios significa?

—Bueno, vamos, Dev. Estaba loca por ti y tú la ignorabas por completo.

Dev se detuvo en seco, dio media vuelta y fulminó a su hermano con la mirada.

—Mi matrimonio no es asunto tuyo.

Max se encogió de hombros.

—Sólo digo que si pusieras tanto empeño en recuperar a tu esposa como pones en mantener a raya a los directores insufribles, no estarías solo ahora mismo.

—Muchas gracias por el consejo, Doctor Amor.

Max sonrió.

—No puedo negarlo. Me alegro mucho de haber encontrado a Dana. Después de perder a Karen…

Dev hizo una mueca. No pretendía sacar un tema tan doloroso para su hermano como la muerte de su esposa.

—Mira, me alegro mucho de que estés tan feliz. Pero eso no significa que todos estemos buscando lo que tú tienes.

—Pues deberías.

—Maldita sea, Max. ¿Has venido a sermonearme sobre mi vida amorosa? ¿Qué eres? ¿Un gurú del amor o algo parecido?

—¡Ni hablar! —exclamó Max, riendo—. Pero como Megan ya empezó con el tema, pensé en seguirle la corriente.

—Te lo agradezco, pero no, gracias. El amor es para los imbéciles.

La familia Hudson llevaba más de un año zozobrando en las turbulentas aguas del amor, el matrimonio y los finales felices, y Dev ya empezaba a cansarse del tema.

El amor verdadero e incondicional sólo existía en la gran pantalla. Tan sólo se trataba de un negocio con el que Hudson Pictures facturaba millones de dólares y hacía soñar a los espectadores.

Eso era algo que Dev sabía muy bien.

—Eso es lo que dicen todos los hombres que no tienen una mujer a su lado en el día de San Valentín —Max sacudió la cabeza y sonrió.

Dev le lanzó una mirada fiera a su hermano Max, pero éste no perdió la sonrisa.

—No me puedo creer que tú entres en este juego —dijo Dev—. ¿El día de San Valentín? ¿Lo dices en serio? Todos los hombres del mundo saben que ese día fue inventado por los grandes almacenes y fabricantes de confitería. Es cosa de mujeres, hermanito. No de hombres.

—Unos dulces, unas cuantas flores, una buena botella de vino… y podéis pasar una velada agradable. Pero, claro, tú no sabes nada de esas cosas. Oh, no. Tú eres el tipo que deja marchar a su mujer en Nochebuena. El Señor Romántico.

—¿Sabes una cosa? Eres mucho menos divertido ahora que estás enamorado.

—Es curioso —dijo Max, pensativo—. El matrimonio no te cambió en absoluto.

Dev no podía sino reconocer que su hermano tenía razón. Casarse con Valerie no había supuesto ninguna diferencia en su vida. Se había unido a ella porque necesitaba una esposa y ella encajaba en el perfil a la perfección, pero él jamás se había declarado enamorado ni nada por el estilo.

Ella tenía contactos muy buenos, con los medios, la prensa, las empresas más poderosas… Además, era el adorno perfecto para un hombre como él, o lo había sido hasta el momento de su marcha.

Pero él no la echaba de menos ni nada parecido. De hecho, no le importaba en absoluto que se hubiera ido de su lado. Para él, ése era un tema zanjado.

–Eso mismo digo yo. Soy exactamente la misma persona que era cuando me casé.

–Y eso es una pena –dijo Max.

Frunciendo el ceño, Dev fue hacia los enormes ventanales y miró hacia el exterior. Cientos de hectáreas se extendían ante sus ojos y todos pertenecían a Hudson Pictures. En la parte de atrás se alzaban decenas de platós y escenarios listos para ser devueltos a la vida en cuanto llegaran los equipos de filmación. Había actores, camarógrafos, figurantes, ayudantes y electricistas.

Una pequeña ciudad… y él era su alcalde.

Sin embargo, en lugar de admirar el fruto de

su imperio cinematográfico, Dev no podía dejar de imaginar el interior de cierto apartamento de Beverly Hills en el que vivía su esposa.

Se volvió hacia su hermano.

–¿Y eso qué significa? –le preguntó en un tono grave y exigente.

–Significa, Dev, que podrías espabilar un poco –Max giró la silla para hacerle frente a su hermano–. Val fue tu gran oportunidad de tener una vida de verdad, pero tú la dejaste marchar sin más.

Apretando los dientes, Dev se volvió hacia la ventana nuevamente.

No quería hablar de su matrimonio, ni con Megan, ni con su hermano, ni con nadie.

Todavía estaba molesto por lo de Nochebuena. Val se había atrevido a dejarle en la víspera de Navidad y eso le corroía las entrañas.

Nadie había osado jamás dejar a Devlin Hudson, y el revuelo mediático que se había generado en torno al fracaso de su matrimonio le había dejado un mal sabor de boca que le crispaba los nervios a la primera de cambio. Todos los periódicos sensacionalistas y revistas del corazón se habían cansado de especular respecto a las razones por las que Val lo había abandonado.

Los *paparazzi* llevaban semanas siguiéndolos como perros de caza y, aunque odiara tener que admitirlo, había caído en la penosa costumbre de hojear las revistas en busca de noticias de su mujer.

Se volvió bruscamente, caminó hasta el escritorio y se sentó de nuevo.

–¿Alguna vez se te ha pasado por la cabeza que fuera yo el que quisiera separarse?

–No –dijo Max, recostándose en el respaldo de la silla y cruzando las piernas–. Mira, Dev, ése no es tu estilo. Una vez cierras un trato, sigues adelante con él, así que… No. No podrías haberle pedido que se fuera. Lo único que no entiendo es por qué la dejaste ir.

–¿Dejarla? –Dev se echó a reír y cruzó los brazos–. Tú que las dejas hacer muchas cosas en tus relaciones. ¿No es así? Creo que Dana discreparía ligeramente.

Por primera vez, Max frunció el ceño.

–Muy bien, Dev. A lo mejor «dejar» no ha sido la palabra más adecuada, pero… ¿en qué estabas pensando cuando la dejaste marchar? Todos sabíamos que Val estaba loca por ti.

Dev sabía que aquello era cierto.

Los recuerdos inundaban su pensamiento como una avalancha arrolladora.

Val siempre había estado ahí para él, deseosa de tener su atención aunque sólo fuera por unos instantes. Los ojos le brillaban con inocencia y sus labios sonreían con candidez.

Había aceptado aquella relación con entusiasmo e ilusión y él había dado por hecho que las cosas nunca podrían cambiar. Siempre había sabido que ella lo amaba y ésa era la razón por la que había decidido casarse con ella.

La estrategia correcta…

Otra oleada de recuerdos invadió su mente.

En Francia, en el lugar de rodaje de *Honor*, el último éxito de la productora… Ella sonreía… En la cama, sonriendo con tristeza después de la desastrosa luna de miel.

«Maldita sea…», pensó Devlin, revolviéndose en la butaca.

Jamás se le había pasado por la cabeza que ella pudiera ser virgen, que estuviera nerviosa, que cada nervio de su cuerpo estuviera tan tenso como un alambre….

Aquél había sido uno de los momentos de su vida de los que se sentía menos orgulloso. La deseaba tanto que ni siquiera se había molestado con juegos preliminares y lo que se suponía una noche de pasión se había convertido en una pesadilla para ella; tanto así, que nunca había vuelto a atreverse a tocarla después de aquello.

Los recuerdos eran dolorosos, y Dev no había sido capaz de superar el arrepentimiento que lo consumía.

Ahuyentando las amargas imágenes de su mente, miró a su hermano fijamente.

—Esto es asunto mío, de nadie más.

—Es por lo de mamá y papá, ¿no? Es por ellos.

Dev traspasó a Max con la mirada.

Tan sólo unas semanas antes se habían enterado de la infidelidad de su madre con el hermano de su padre, el tío David; y ésa había sido la gota que había colmado el vaso para Devlin, quien, por otra parte, jamás había tenido mucha fe en el amor verdadero.

Una unión perfecta, veinte años de matrimonio, cuatro hijos… Su madre, Sabrina, lo había tirado todo por la borda a causa de una imperdonable traición de la cual había nacido su hermana Isabella, que llevaba toda la vida creyéndose hija del mismo padre que todos ellos.

–Eso no tiene nada que ver –dijo Dev.

–¿Cómo que no? Tú has sido el primero que mezcla las cosas –Max suspiró–. No quieres hablar de ello con nuestro padre y apenas le diriges la palabra a mamá. Te has convertido en un hombre de hielo y nos haces la vida imposible a todos.

–Tengo mucho trabajo –dijo Dev, irritándose más y más–. A lo mejor no te has dado cuenta, pero tenemos unas cuantas películas en fase de posproducción, por no hablar de esa insignificante nominación a los Premios de la Academia.

–No se trata de trabajo, Dev. Se trata de ti. De tu vida. Sólo tenías que intentarlo –Max arrugó el entrecejo–. Val te amaba y tú lo estropeaste todo.

Una punzada de remordimiento atravesó las entrañas de Dev.

Él nunca miraba atrás. Los errores del pasado

no tenían solución y atormentarse con ellos era un sinsentido.

El pasado, pasado estaba, y no había nada que él pudiera hacer para cambiarlo.

Molesto, Dev se puso en pie y se dirigió a su hermano.

–Yo no estropeé nada. Y tú deberías preocuparte por tu propia vida amorosa en lugar de inmiscuirte en mi relación con mi esposa.

–Tú no tienes una esposa, Dev.

Resultaba curioso. Él mismo le había dicho algo parecido a Megan unos minutos antes, pero oírlo de boca de su hermano Max bastó para hacerle montar en cólera.

Megan tenía razón. Sí que tenía una esposa, aunque no estuviera a su lado en esos momentos y, si bien no podía resolver los errores del pasado, sí que podía hacer algo respecto al futuro.

–Sí que la tengo –replicó Dev finalmente.

Ya había tenido bastante. Los reporteros lo acosaban con sus impertinentes preguntas a todas horas y su familia tampoco lo dejaba en paz, así que había llegado la hora de arreglar todo aquel desastre.

No tenía por qué soportar tanto interrogatorio porque no había sido él quien se había marchado; ni tampoco había sido él quien se pasaba las horas vagando sin rumbo por una suite de habitaciones vacías.

Ella era la culpable de todo. Ella los había hecho pasar por aquel suplicio mediático y él ya se había cansado de bregar con las consecuencias.

–Creo que Val no lo tiene muy claro –dijo Max, levantándose de la silla.

–Tú deja que yo me ocupe de ella –Dev cruzó la habitación, abrió la puerta del armario y sacó la chaqueta del traje que llevaba puesto.

–¿Adónde vas?

–Voy a tener una larga charla con mi esposa –dijo Dev y, mientras pensaba en ella, se dio cuenta de lo mucho que la echaba de menos–. Es hora de que le recuerde a Val que todavía estamos casados.

–¿Crees que será así de fácil?

Dev miró a su hermano pequeño. En las oficinas de Hudson Pictures todos parecían haberse contagiado del peligroso virus de San Valentín y, cada vez que se daba la vuelta, se encontraba con una caja de bombones o un ramo de flores.

Pero en vez de darle alegría, los regalos ajenos no hacían más que recordarle lo solo que estaba. La soledad a la que se enfrentaba cada día minaba su buen humor y la felicidad de sus hermanos enamorados era una inagotable fuente de irritación.

¿Pero por qué?

Él había estado solo la mayor parte de su vida. Sin embargo, esa vez no lo había elegido él. Se había visto obligado a estar solo a causa de la decisión de Valerie.

Ella había hecho lo que le había venido en gana; le había abandonado de forma repentina y así había conseguido todo el espacio que necesitaba, pero ya era el momento de regresar.

Su pequeño arrebato de rebeldía había terminado.

Los votos matrimoniales eran irrevocables. Él nunca incumplía los términos de un compromiso y esperaba lo mismo de ella.

–Lo haré, por las buenas o por las malas –dijo finalmente con una sonrisa cínica.

Valerie Shelton Hudson tenía su propio apartamento con vistas a las colinas y mansiones de Beverly Hills. Era una casa lujosa con una decoración exquisita, pero estaba tan vacía que Valerie sentía ganas de gritar con tal de oír algo de vida a su alrededor.

No obstante, rara vez encendía la televisión o la radio porque no quería oír nada de la familia Hudson ni de los Premios de la Academia.

Cada vez que oía el nombre de Devlin, su corazón se quebraba y la soledad amenazaba con engullirla entera, así que en lugar de atormentarse pensando en lo que había perdido, trataba de pasar los días entretenida, comiendo con amigas, trabajando en las organizaciones de caridad de las que era miembro, yendo de compras y esquivando a los periodistas que le tendían emboscadas cada vez que ponía un pie fuera de la casa.

Sin embargo, las noches eran largas, silenciosas y tristes. No tenía ganas de salir con nadie, ni tampoco se sentía con ánimos como para salir a los locales de moda con sus amigas.

–No es así como quería vivir –se dijo a sí misma y salió a la terraza privada que estaba junto al salón de la casa.

Nada más salir al exterior, se sintió reconfortada por el aroma de las plantas. Había helechos en maceteros colgantes, flores que se desbordaban de jarrones de cerámica, pequeños arbustos e incluso un pequeño limonero en un rincón.

En el centro había una mesa de exterior con cuatro sillas al más puro estilo de las terrazas parisinas y en una esquina había un balancín con un toldo de color amarillo y rojo.

Valerie se acurrucó en él y se dedicó a escuchar el lejano murmullo del tráfico que rugía quince plantas más abajo.

Por lo menos, aún le quedaba un pequeño refugio de sosiego.

Un lugar en el que pensar…

Pero, por desgracia, cada vez que les prestaba atención a sus propios pensamientos, Devlin volvía a robarle la paz que tanto le costaba conseguir.

Hizo un esfuerzo por ahuyentar los recuerdos; su expresión de perplejidad al oírla decir que se marchaba…

Aunque no quisiera admitirlo, sí que sentía remordimientos. Había preferido dar media vuelta y escapar, en lugar de luchar por su matrimonio.

Pero él tampoco se lo había puesto fácil.

«Qué gran idiota», se dijo, sin saber si se refería a Devlin o a sí misma.

Agarró un cojín, lo abrazó con fuerza y apoyó la cabeza sobre el respaldo del balancín. Cerró los ojos y dejó que la imagen de Dev emergiera ante sus ojos.

«Ojalá pudiera volver atrás. Ojalá pudiera hacer las cosas de otra forma…», pensó.

–Si pudiera volver atrás en el tiempo, no sería tan complaciente –murmuró con los ojos todavía cerrados–. Diría lo que pienso en todo momento y dejaría de esforzarme por ser la perfecta mujer florero, insignificante y sumisa. Si tuviera otra oportunidad, sería yo misma…

La perfecta mujer florero…

–Dios, no me extraña que él se cansara de mí. No imagino nada más molesto –exclamó y apretó el cojín con más fuerza. La frustración se apoderaba de ella por momentos.

–¿Señora Hudson?

Valerie suspiró al oír la voz de su ama de llaves, pero mantuvo los ojos cerrados.

–¿Sí, Teresa?

–Hay alguien que quiere verla –dijo la sirvienta con una voz sosegada y prudente–. Le dije que no quería que la molestaran, pero…

–No acepté un «no» por respuesta.

Valerie levantó la cabeza bruscamente y abrió los ojos de golpe.

La última persona del mundo a la que quería ver estaba en el umbral.

Su esposo…

Capítulo Dos

–¿Sorprendida? –Dev pasó por delante del ama de llaves y salió al patio.

Con las manos en los bolsillos y una expresión cínica en el rostro, Dev hacía alarde de su porte soberbio y desenfadado.

–Sí, estoy sorprendida –Valerie lo miró fijamente, como si fuera una aparición.

–Tengo que hablar contigo –le dijo él, mirando al ama de llaves fugazmente.

Valerie respiró hondo, se preparó para la batalla y miró a la mujer que esperaba junto a la puerta.

–Todo está bien, Teresa. Puedes retirarte.

La empleada no parecía muy convencida.

–Si me necesita, señora Hudson, sólo tiene que llamar –le dijo antes de salir.

En cuanto se quedaron solos, Dev se echó a reír.

–No sabía que tuvieras guardaespaldas –le dijo con ironía.

–No me hace falta un guardaespaldas, Dev. Yo sé cuidar de mí misma.

Dev levantó una ceja y después asintió lentamente.

–Claro que sí.

—Bueno, ahora estamos solos, así que ¿por qué no me dices a qué has venido?

Su actitud y su tono de voz no eran precisamente alentadores, pero eso no tenía importancia. Él tenía una misión que cumplir y estaba decidido a conseguir su propósito. De camino a la casa, había meditado cuidadosamente lo que iba a decirle y no había lugar para errores.

Simplemente, le diría que la separación era inútil, que estaban casados y que debían estar juntos. Además, le recordaría que los Oscar estaban a la vuelta de la esquina y que los Hudson debían dar una imagen de unidad.

Todo era de lo más razonable, así que ella no tendría por qué oponerse.

—¿Por qué has venido?

Dev la miró un instante mientras ella dejaba a un lado el cojín y se ponía en pie.

La Valerie que tenía ante sus ojos no tenía nada que ver con la mujer sumisa a la que él recordaba; la que se escondía detrás de la almohada y le rehuía la mirada.

Aquellos ojos familiares lo atravesaban como afilados puñales y la expresión de su rostro era desafiante y decidida.

—He venido a llevarte de vuelta a casa.

—Ya estoy en casa —dijo ella, yendo hacia la mesa y las sillas.

Sacó uno de los decorativos asientos y se sentó en él, sin dejar de mirarle fijamente.

–Me refería a nuestra casa, a la mansión de la familia –le dijo Dev, intentando mantener la calma.

–Yo ya no vivo allí –dijo ella.

Una chispa de rabia amenazó con abrasarle, pero Dev logró mantener el control. La ecuanimidad era fundamental para cerrar una buena negociación con resultado favorable.

Sacó una silla y se sentó al lado de ella, apoyando los codos sobre las rodillas y mirándola a los ojos.

–Sí, te fuiste. Lo recuerdo.

–¿Y entonces por qué…?

Él levantó un dedo.

–Ya han pasado un par de meses, Val. Creo que ya lo has dejado todo bien claro.

–¿Todo bien claro? –repitió ella, abriendo mucho los ojos.

–Querías que supiera que eras muy infeliz y yo lo he entendido. Estoy dispuesto a hablar de esto y a solucionarlo. Estoy dispuesto a hacer lo que sea necesario para llevarte de vuelta al lugar adonde perteneces.

Se produjo una larga pausa mientras Valerie meditaba el discurso que Dev se había preparado durante el camino.

–¿Por qué?

Él parpadeó, perplejo.

–¿Qué?

–¿Por qué? –repitió ella–. ¿Por qué quieres que vuelva?

–Porque eres mi esposa.

Ella soltó el aliento.

–De acuerdo. Entonces, ¿por qué ahora? ¿Por qué no hace un mes? ¿Por qué estás aquí hoy, Dev?

Él se incorporó, apoyó un brazo en la mesa y trató de buscar una respuesta. No había esperado tantas preguntas. La antigua Valerie jamás le cuestionaba, sino que obedecía sin replicar.

–Mañana es el día de San Valentín –se apresuró a decir.

–¿Y qué?

Dev pensó que debería haberle llevado unas flores, pero ya era demasiado tarde.

–Me ha hecho darme cuenta de lo rápido que pasa el tiempo. La ceremonia de los Premios de la Academia es dentro de muy poco tiempo y creo que es importante que estemos unidos cuando ganemos el premio a la mejor película.

–Entiendo –dijo ella sin inmutarse.

Dev no sabía lo que pasaba por su mente en ese momento y su expresión indescifrable resultaba de lo más inquietante.

¿Quién era esa nueva mujer que había reemplazado a su esposa, la dulce y obediente Valerie?

Dev se puso en pie, dio dos pasos y se detuvo y dio media vuelta hacia ella.

–Mira, lo que quiero decir es que estamos casados. Los dos sabíamos lo que hacíamos cuando nos metimos en este matrimonio. Desde el primer momento estuvimos de acuerdo en que no podía haber un divorcio.

—Es cierto.

—Bien —dijo él, sonriendo—. Entonces vendrás a casa.

Ella se levantó lentamente.

Sus gráciles movimientos alimentaban la llama que ya ardía en el interior de Dev.

—Si vuelvo… habrá un par de condiciones.

—¿Disculpa?

Valerie le miró un momento y disfrutó de su expresión atónita.

¿Por qué había fingido ser otra persona? Si hubiera sido ella misma desde el principio, se habría ahorrado muchas horas de sufrimiento y agonía.

Sin embargo, tenía otra oportunidad para arreglar las cosas y, aunque Devlin no la amaba, sí que quería verla de vuelta. Se había molestado en ir a buscarla a su casa y, si había llegado tan lejos, entonces aún había esperanza.

—Si lo hacemos —dijo ella, sosteniéndole la mirada—. Hay que hacer las cosas de otra manera.

—¿Qué quieres decir? —le preguntó él con desconfianza.

—Quiero decir que quiero un matrimonio de verdad, Dev, y no la fusión comercial que teníamos antes.

—¿Y eso qué significa? —le preguntó él achicando los ojos.

Valerie se mantuvo firme.

–Quiero que pases tiempo conmigo. Quiero tu compañía.

–Valerie…

–Oh, no. No adoptes ese falso tono paciente conmigo, Dev –dijo ella, cortándolo antes de que le diera la familiar palmadita en la cabeza a modo de consuelo fingido.

Los rasgos del rostro de Dev se endurecieron, pero Valerie no se dejó intimidar. Esa vez no iba a dejarse disuadir. Esa vez iba a decir lo que tenía que decir y a hacer lo que tenía que hacer.

–Siempre usas ese tono de voz cuando quieres hacerme callar.

–Yo no…

–Claro que sí. Pero ya no funciona, ¿de acuerdo? –ella se acercó un poco.

Las piernas le temblaban y la sangre le abrasaba las venas.

–¿Era así de verdad? –preguntó él.

–Sí –dijo ella, sonriendo.

Los ojos de Dev soltaron chispas.

–Soy tu esposa, Dev. Y si vamos a hacer las cosas bien, quiero disfrutar de tu atención. Además, hay otra cosa. Sé que no empezamos con muy buen pie, pero quiero tenerte en mi cama.

Él asintió.

–Bien…

–Quiero tener hijos.

–¿Hijos?

–No tiene que ser mañana, pero algún día querré tenerlos. Quiero una familia, Dev, y para que esto funcione, tendrás que dedicarme al menos la cuarta parte del tiempo que le dedicas a Hudson Pictures.

–Eso son bastantes condiciones.

–Así es –ella cruzó los brazos y trató de contener el nerviosismo que amenazaba con delatarla ante él.

Había hecho lo correcto hablándole claro. No estaba dispuesta a volver a ser su muñeca de trapo.

Sin dejar de mirarla, Dev se frotó la barbilla con una mano. Los segundos pasaban y la tensión se podía cortar con una tijera, pero él, como siempre, se mostraba imperturbable.

El hombre de hielo…

Eso había sido lo más difícil para Valerie. Nunca había podido traspasar esa coraza de hierro tras la que él se refugiaba. Nunca le había hecho perder la cabeza, dejarse llevar…

Dejarse llevar…

De repente, Valerie supo lo que tenía que hacer para conseguir su objetivo.

Tenía que usar el sexo para derribar los muros que él había construido a su alrededor. Aunque sus relaciones sexuales siempre habían sido incómodas y extrañas, ella sabía muy bien que él la deseaba tanto como ella a él.

Sólo tenía que seducirle. Así le haría perder el control.

–Si acepto… –empezó a decir él–. ¿Qué te impedirá marcharte la próxima vez que te sientas… infravalorada?

–Mi palabra –dijo ella, enfrentándose a su gélida mirada con valentía.

Si volvía con él, sería para siempre. Ya había huido bastante.

Esa vez estaba decidida a recuperarle o a morir en el intento.

–Te doy mi palabra. Si empezamos de nuevo, no me marcharé a menos que tú quieras que me vaya.

–Eso no pasará –dijo él suavemente, acariciándola con la mirada.

Valerie sintió el calor de su mirada sobre la piel y ardió de expectación.

–Entonces no tenemos nada de qué preocuparnos, ¿no?

La joven se preguntó si estaba haciendo lo correcto, pero no tardó en hallar una respuesta.

Ella aún amaba a Dev con todo su corazón y valía la pena intentar ganarse su amor.

–Bueno, entonces… –dijo él acercándose y poniéndole las manos sobre los hombros–. Parece que hemos llegado a un acuerdo, señora Hudson.

–Eso parece, señor Hudson –dijo ella con un nudo en la garganta.

Él llevaba esa colonia que tanto le gustaba, un aroma afrutado y varonil que la volvía loca y que la hacía preguntarse cómo había podido sobrevivir durante dos meses sin verle, sin tocarle…

Como él la tocaba en ese preciso instante. Sus manos se movían arriba y abajo por sus brazos, generando una fricción eléctrica sobre su piel que la devolvía a la vida.

Valerie respiró hondo, soltó el aliento y lo miró una vez más.

—Hoy me has sorprendido, Val —dijo él en un susurro—. Siempre has sido tan callada y...

Ella frunció el ceño.

—¿Sumisa?

Él sonrió.

—Quizá.

—¿Y te has llevado una decepción? —le preguntó ella al tiempo que él le sujetaba el rostro con las manos.

—¿Tú qué crees? —preguntó él y la besó en los labios, obligándola a entreabrirlos y robándole el poco aliento que le quedaba.

Ella sucumbió al placer de sus besos y se apoyó contra su poderoso pectoral, dejándose llevar por las sensaciones exquisitas que vibraban en su interior, y entonces él la apretó con fuerza contra su rígida potencia masculina, enseñándole cuánto la deseaba.

Los besos apasionados se sucedieron uno tras otro y Val perdió toda noción del tiempo y de la realidad.

El mundo se había desvanecido a su alrededor y lo único que importaba era su presencia, el calor de sus besos, la suavidad de sus fuertes músculos...

La vida le había dado otra oportunidad para empezar de cero y los primeros rayos de luz anunciaban un nuevo amanecer.

Algún día tendría el hogar que tanto deseaba; algún día tendría al hombre de sus sueños…

De pronto, él dejó de besarla, levantó la cabeza y la miró a través de unos ojos llenos de deseo.

–Recoge tus cosas y vámonos a casa.

–Muy bien –dijo ella.

Él la tomó de la mano y la condujo al interior del apartamento.

Seducir a Devlin Hudson no iba a ser tan difícil como había pensado en un primer momento.

Capítulo Tres

La vuelta a la mansión no fue tan difícil como Valerie esperaba. Dev sabía cómo hacer las cosas cuando realmente le interesaba.

Después de mandar a empacar y trasladar sus pertenencias, le dio un jugoso finiquito a Teresa y se aseguró de tenerla de vuelta en la casa de los Hudson lo antes posible.

Mientras deshacía la maleta, Val no pudo evitar recordar la última vez que había estado en esa habitación: la tarde de Nochebuena.

Ese día le había hecho frente a su esposo y se había atrevido a decirle que lo dejaba.

Todavía podía recordar su mirada atónita al oírla decir que se iba… Pero ella sabía que lo que verdaderamente le había molestado era que alguien se atreviera a desafiarlo.

Devlin Hudson nunca perdía…

Y ahí estaba ella; de vuelta en la casa, la prueba viviente de que él era un ganador invencible…

–Pero yo ya no soy la misma –se dijo a sí misma para tranquilizarse–. Las cosas serán diferentes esta vez. Ya no voy a ser la esposa complaciente de siempre. Ya no pienso aparecer y desaparecer a su antojo. Yo existo, y él tendrá que aprender a vivir conmigo.

Llevaba algo más de una hora en la casa, pero nada había cambiado todavía. Dev la había dejado allí y había vuelto al trabajo porque...

«Tengo que resolver algunas cosas...», le había dicho.

Un mal comienzo... otra vez.

Aquel pensamiento se coló en su mente, pero ella lo desterró de inmediato. No iba a empezar a alimentar el rencor nuevamente. Sabía que le llevaría algo de tiempo ganarse el afecto de su esposo, y derribar esos muros que él había erigido a lo largo de su vida no iba a ser tarea fácil.

Después de colgar la ropa en el armario, miró a su alrededor y contempló el dormitorio de Devlin, que también era el suyo propio.

Sonrió.

Poco después de casarse, él había insistido en que ella eligiera una de las habitaciones adicionales a modo de rincón personal, pero a medida que el ambiente entre ellos se había ido enrareciendo, se había visto obligada a huir a ese escondite en demasiadas ocasiones.

Sin embargo, eso estaba a punto de cambiar. Esa vez no estaba dispuesta a esconderse para relamerse las heridas.

La torpeza de ambos había arruinado su matrimonio, y su vida sexual, pero ella estaba dispuesta a hacer que aquello funcionara, en la casa...

Y en la cama.

Val se echó a reír, avergonzada consigo misma.

—Qué gran suplicio, Val. Verte obligada a vivir en un ala de una mansión palaciega de Beverly Hills. Pobrecita —se dijo, bromeando.

«Tonta. ¿Cómo puedes lamentarte de tu suerte si vives en un castillo de ensueño?».

Sonriendo con tristeza fue hacia el balcón que daba al jardín lateral de la casa. Abrió la doble puerta, salió a la terraza de piedra y levantó el rostro hacia la brisa que hacía suspirar a los árboles que rodeaban la propiedad.

Cuando volvió a abrir los ojos, el sol estaba a punto de ponerse y rojos y violetas resplandecientes teñían de color el firmamento del atardecer.

Dev iba a regresar pronto y las mariposas de siempre empezaban a agitar las alas dentro de su vientre.

Dio media vuelta y entró en la casa.

Dev había aceptado las condiciones de su esposa porque quería tenerla de vuelta en la casa. Sin embargo, él sabía que ella se olvidaría de sus propias exigencias en cuanto volviera a acomodarse en la mansión.

Por fin las cosas habían vuelto a la normalidad.

Excepto por una cosa…

Aquel beso en la terraza de su apartamento.

¿Ella lo deseaba en su cama… tanto como él a ella?

A Devlin le costaba creerlo. La experiencia de la noche de bodas había sido tan desastrosa que jamás habían podido superarlo.

Pero ya era hora de empezar de cero y seguir adelante.

Él deseaba a su mujer; la deseaba más de lo que jamás se había atrevido a admitir y, con sólo volver a verla, su libido se había disparado hasta extremos insospechados; tanto era así que casi había perdido el control mientras la besaba.

Pero él jamás perdía la compostura. Un hombre como él nunca daba rienda suelta a sus instintos y emociones. No podía dejarse llevar por la lujuria y el deseo porque esos sentimientos eran un arma de doble filo que en cualquier momento podían volverse contra él.

«Pero tampoco voy a vivir como un monje», pensó, rebelándose contra lo que le decía la razón.

La noche de bodas había sido pésima y, aunque hubieran hecho el amor algunas veces más después de aquello, Valerie jamás se había abierto a él. Pero eso ya formaba parte del pasado.

Ella le había dado una segunda oportunidad y él estaba dispuesto a darle la seducción y el romanticismo que tanto necesitaba.

Sobre el asiento del acompañante había un enorme ramo de flores y una caja de bombones Lady Godiva.

Dev aún se resistía a sucumbir al consumismo del día de San Valentín, pero esa vez se trataba de una ocasión especial. Su esposa había vuelto a casa, al lugar adonde pertenecía, y por eso quería darle una sorpresa.

Las flores, los dulces, las armas de seducción más sofisticadas… Valerie caería rendida a sus pies.

Sonriendo, Dev giró hacia el camino que conducía a la mansión Hudson. A lo largo de su vida había producido suficientes películas románticas y sensibleras como para saber qué hacía falta para ambientar un escenario de pasión.

Agarrando las flores y los chocolates, bajó del coche y se dirigió a su entrada privada, situada en un lateral de la casa. No era buena idea dejar que todos lo vieran con un ramo de flores en las manos.

Además, lo que ocurriera entre su mujer y él no era asunto de su familia.

Las luces exteriores estaban encendidas y arrojaban sombras fantasmales sobre la tupida oscuridad de la noche. El viento mecía las ramas de los árboles y un chorro de agua caía alegremente en una fuente cercana.

Dev miró hacia la terraza del segundo piso y vio un espejismo de lino blanco.

Bien… Eso significaba que el ama de llaves debía de haber ordenado que prepararan la mesa, así que sólo tenía que bajar a la cocina cuando estuvieran listos para cenar.

Sonrió para sí, entró y fue directamente hacia su apartamento, que estaba en el segundo piso.

Valerie debía de haberse llevado una gran sorpresa al descubrir que le había preparado una cena romántica a la luz de las velas.

Y eso significaba que ella ya debía de estar lista para el juego de seducción.

–El secreto… –se dijo Dev mientras avanzaba por el corredor de la segunda planta– es pillarla desprevenida. Así no sabrá qué esperar.

Agarró el ramo con fuerza al tiempo que entraba en la habitación.

–Sorpresa. Ésa es la clave –se dijo a sí mismo.

–Bienvenido a casa, Dev.

Él dejó caer las flores al suelo, y detrás cayeron los bombones. Se detuvo de repente y contempló a la mujer que estaba ante sus ojos, boquiabierto.

Su esposa sumisa e inhibida, a la que estaba decidido a sorprender, estaba sentada en una silla en la postura más sexy del mundo.

Tan sólo llevaba un fino collar de perlas y su alianza de casada.

Ella sonrió, se llevó las perlas a la boca y empezó a mordisquear las delicadas cuentas de color marfil.

–¿Son para mí? –le preguntó, bajando la vista con fingida timidez.

–¿Qué? –preguntó Devlin, completamente obnubilado.

Sacudió la cabeza y trató de recuperar la compostura.

–Tú… No esperaba… Eh –le dijo, tartamudeando.

Ella sonrió e inclinó la cabeza sobre uno de los brazos de la silla.

–¿Qué ocurre, Dev? ¿No te alegras de verme?

–Sí –se apresuró a decir él. Entró rápidamente y cerró la puerta tras de sí.

Y él que pensaba que iba a sorprenderla…

Tenía la boca seca y su corazón latía sin control.

–Estoy… sorprendido… –le dijo, rígido y tenso como la cuerda de una guitarra–. Eso es todo.

–Bueno, bien –ella quitó las piernas del brazo de la silla y se incorporó lentamente.

Su cuerpo esbelto y delicado era mucho más hermoso de lo que Dev recordaba.

Pechos firmes y turgentes, cintura estrecha, piernas kilométricas…

Su piel era del color de los melocotones maduros y el cabello le caía en cascada sobre los hombros.

Toda una tentación…

Dev jamás había visto ese lado salvaje de su esposa, pero no podía negar que le encantaba.

–Creo que ya es hora de que nos sorprendamos el uno al otro un poco –fue hacia él con paso tranquilo.

Dev la miraba de arriba abajo, sediento de deseo.

–Es una buena idea –admitió, y entonces recordó que los regalos se le habían caído al suelo.

Inclinándose, los recogió y se los ofreció al verla acercarse.

–Son muy bonitas –murmuró ella al tiempo que hundía el rostro en el flamante ramo de rosas color lavanda–. ¿Y también me has traído bombones? Eso ha sido todo un detalle, Dev. Gracias.

Se volvió hacia la mesa para dejar los regalos y entonces Dev reparó en su perfecto trasero. Quería tumbarla en el suelo y hacerle el amor allí mismo.

Pero sabía que no podía hacerlo. Esos impulsos desenfrenados habían sido los que habían hecho un desastre de su noche de bodas. Nada de delicadeza; nada de seducción… Sólo hambre y lujuria.

Y él no estaba dispuesto a cometer los mismos errores por segunda vez. Aunque se consumiera por dentro, esa vez se lo iba a tomar con calma y mesura.

Ella se volvió hacia él y sonrió.

–Te deseo, Dev. Ahora.

Algo explotó en llamas en la mente de Dev y entonces se oyó a sí mismo diciendo…

–Dios mío.

La agarró con fuerza y tiró de ella.

Val sintió el poder de sus musculosos brazos y sucumbió a la embestida de su deseo.

¿Cómo había podido ser tan idiota? Al principio de su matrimonio había tenido demasiado miedo como para dar rienda suelta a sus propios instintos.

Dev tomó sus labios con un beso arrebatador, jugando con su lengua en un baile de placer que quitaba el aliento.

Valerie había tenido que hacer acopio de toda su valentía y coraje para recibirle desnuda, pero… Había merecido la pena. La expresión de su rostro al verla así sería un recuerdo que conservaría para siempre.

Devlin Hudson no lo sabía, pero Val acababa de ganar la primera batalla de una larga guerra por conquistar su corazón.

Mientras ella se ahogaba en una avalancha de deliciosas sensaciones, Dev dejó de besarla un instante y escondió el rostro en la curva de su cuello para mordisquearla en la base de la garganta. Su pulso acelerado palpitaba a toda velocidad bajo su piel.

Y entonces empezó a lamerla, dejando un rastro de fuego allí donde deslizaba la lengua.

Ahí estaba la magia que ella había esperado encontrar durante la noche de bodas. Lo que él le hacía evaporaba todos sus pensamientos y borraba todo vestigio de ansiedad de su ser.

Valerie gimió suavemente, se volvió hacia él y arqueó la espalda, pegándose a él y dándole ánimos.

Él deslizó las manos a lo largo de su espalda,

buscando su espina dorsal, palpando la textura de su piel, estrujándole el trasero, aferrándose con todos los dedos para que pudiera sentir su rígida potencia masculina en toda su longitud.

Valerie sintió una humedad caliente en el centro de su feminidad y un cosquilleo que le recorría todo el cuerpo. El potente pectoral de Dev le rozaba los pechos por debajo de la camisa de lino que llevaba puesta, produciendo una agradable fricción que le incendiaba los sentidos.

Era maravilloso…

Extraordinario…

Pero Valerie quería más; quería sentir su piel, absorber su calor, sentirlo dentro.

Como si hubiera oído sus silenciosos pensamientos, él se apartó un momento. Se quitó la chaqueta y la camisa, las tiró al suelo, y entonces volvió a acariciarla de nuevo, masajeándola y apretándola contra su fornido pecho.

Mientras tanto, Valerie suspiraba de placer. Cuánto echaba de menos sentir el tacto de su piel, de sus manos… Incluso cuando las cosas iban de mal en peor, ella siempre había añorado aquella textura que la hacía vibrar.

Cuánto había deseado enredar los dedos en su oscuro cabello, corto y suave. Durante semanas no había sido capaz de pensar en otra cosa que no fuera volver a tenerle en la cama.

Y, por fin, ese momento había llegado, así que no podía desperdiciar ni un solo instante.

–Tómame ahora, Dev –susurró, poniéndose de puntillas al tiempo que él se inclinaba adelante para saborear sus pechos–. Te necesito tanto…

Él levantó la cabeza y la miró a través de sus azules ojos, velados por la pasión que Valerie había esperado ver durante tanto tiempo.

–No es esto lo que había planeado para esta noche –le dijo él, con la voz ronca.

–¿Y qué importancia tiene? –preguntó ella, deslizando la punta de los dedos hasta su abdomen liso y musculado.

Él se estremeció por dentro, cerró los ojos y luego volvió a abrirlos.

–No, no la tiene –le dijo finalmente, atravesándola con la mirada.

–Te deseo –dijo ella suavemente, observándole, calculando su reacción–. Quiero sentirte dentro de mí. Quiero sentirte, muy dentro.

Los ojos de Dev soltaron chispas de pasión y entonces Valerie respiró profundamente, deleitándose en la certeza de que su esposo, el hombre al que ella amaba, la deseaba con todo su ser. Él no la amaba todavía, pero ése era un punto de partida. Bastaba con que él sintiera la mitad de lo que ella sentía por él… Valerie se conformaba con muy poco. Sólo le hacía falta una pequeña muestra de afecto para luchar por ganarse su amor.

Lo que había empezado como un matrimonio de conveniencia podía llegar a ser una auténtica unión de amor verdadero.

–Espera un momento –murmuró él. Se inclinó, la tomó en brazos y la llevó al dormitorio.

Entonces se detuvo un instante en el umbral y Valerie volvió la cabeza para ver la habitación al tiempo que él la contemplaba.

Ella también había preparado algo especial. Decenas de velas encendidas parpadeaban por toda la estancia, y sus caprichosas mechas arrojaban destellos y sombras saltarinas que teñían las paredes a su alrededor. Las puertas de la terraza estaban abiertas y la dulce melodía que susurraba la brisa se colaba en la habitación, acariciando y aliviando su piel incandescente.

Las mantas estaban al pie de la cama, dejando ver las sábanas rojo oscuro y las almohadas mullidas y sugerentes.

Él bajó la vista y sonrió fugazmente, levantando la comisura izquierda del labio.

–Has estado muy ocupada.

–Sí –dijo ella, deslizando la punta del dedo sobre su media sonrisa–. Y también llevo horas esperándote.

–Pero la espera ya ha acabado. Para los dos.

La tumbó en la cama y luego se quitó el resto de la ropa mientras ella lo observaba con avidez.

Ése era el hombre que le había quitado el sueño durante tantos meses.

Su pecho estaba perfectamente esculpido y bronceado, y sus piernas, poderosas y musculosas, insinuaban la potencia de su imponente erección.

En el pasado, Valerie se había sentido intimidada por semejante miembro viril, pero esa noche iba a ser diferente. Esa vez no se iba a dejar avasallar por aquellos viejos fantasmas.

Dev la miraba con atención y no tardó en detectar la vacilación que oscilaba en sus ojos.

–¿Estás segura?

–Sí –dijo ella, intentando poner una voz firme y decidida.

Los nervios estaban encerrados en una profunda mazmorra de su mente y la pasión tomaba el control de su consciencia.

–Bien –dijo él, tomando sus labios al tiempo que agarraba el húmedo centro de su feminidad con una mano.

Valerie estuvo a punto de caerse de la cama en el momento en que sintió las sutiles caricias de sus dedos.

Los confines de la cordura no andaban muy lejos y él parecía empeñado en llevarla hasta ellos, y más allá…

Su cuerpo de mujer se tensaba más y más con cada roce y las sensaciones colapsaban su mente, llevándola hasta el punto de ebullición.

Magia…

Dev enredó la lengua con la suya y exhaló con fuerza, compartiendo su aliento cálido y revitalizante.

Aquello era con lo que había soñado tantas y tantas noches solitarias…

Valerie arqueó las caderas y empezó a frotarse contra la mano de él con frenesí, meneándose con furor y gimiendo con gruñidos guturales que salían desde el rincón más primario de su humanidad.

Él acababa de introducir un dedo, y después otro, palpándola allí donde el contacto resultaba más irresistible.

Era tan maravilloso; tan placentero, tan… Increíble.

Él empezó a masajearla en el lugar más sensible de toda su constitución femenina, lanzando rayos de lujuria que sacudían sus entrañas de los pies a la cabeza, y entonces tomó uno de sus pezones, y después el otro.

Aquellos labios, lengua y dientes la atormentaban en un exquisito suplicio que la empujaba irremediablemente hacia la frontera de la razón y la enajenación.

Valerie apenas podía respirar. Sus movimientos desenfrenados la hacían derretirse por dentro, buscando más y más.

—Ahora —susurró él y entonces cambió de posición.

Se arrodilló entre las piernas de ella y se abrió camino dentro de su sexo desnudo poco a poco.

Ella sintió la presión de su henchido miembro, pero, en vez de resistirse, abrió aún más las piernas y le recibió en toda su longitud.

Sus ojos claros la miraban fijamente y ella le

devolvía la mirada mientras se mecían al unísono, al compás de la pasión.

Allí estaba la magia, la sed, el destino…

En sus brazos.

Valerie enroscó las piernas alrededor de sus caderas y le atrapó dentro de su propio ser mientras él agotaba la energía que lo consumía por dentro.

El pulso se aceleraba, la respiración se volvía entrecortada.

Ella jamás había conocido semejante placer; una tímida mecha encendida que recorría su cuerpo cada vez más deprisa, al ritmo de las poderosas embestidas de Dev.

Una tímida mecha que terminaría por hacer explosión, lanzando fuegos artificiales en todas direcciones, bajo sus párpados.

Y cuando por fin volvió a abrir los ojos, él estaba a su lado, cubierto de sudor, exhausto, vacío.

Su espíritu estaba dentro de ella, para siempre.

Capítulo Cuatro

Aturdido, Dev trató de recuperar el aliento. Miró a Valerie a los ojos y enseguida sintió que se perdía en aquella profundidad de color violeta. Ella le sonrió y deslizó los dedos por su mejilla.

Ella lo había impresionado, por mucho que no quisiera admitirlo.

Para evitar los pensamientos que lo asaltaban sin cesar, rodó hacia un lado y se concentró en mirar al techo. El corazón se le quería salir del pecho y su cuerpo aún vibraba después del frenesí de pasión.

No podía sino reconocer que ella lo había dejado atónito, y él ni siquiera recordaba la última vez que alguien lo había pillado desprevenido.

Volviendo la cabeza, la miró un instante. A la luz de las velas, la textura de su piel parecía oro líquido. Sus ojos… su boca, su increíble boca esbozaba una dulce sonrisa.

Orgullosa de sí misma.

Así debía de sentirse en ese momento y, en realidad, tenía derecho a sentirse así. Él nunca antes había estado tan cerca de perder la cabeza en los brazos de una mujer, ni una sola vez en toda su vida. En el pasado siempre había contado con la voz de la razón, que lo ayudaba a mantener el control en las situaciones más caóticas.

Sin embargo, esa noche, la mujer que se había convertido en su esposa había estado a punto de hacerle cruzar esa fina línea entre la racionalidad y la inconsciencia que él se había esforzado tanto por no traspasar.

La joven que estaba a su lado no era la Valerie Shelton Hudson con la que se había casado. Él sabía que algo había cambiado aquella tarde, cuando ella le había plantado cara en su apartamento y le había puesto una lista de condiciones antes de acceder a regresar a la mansión Hudson. La mujer a la que había conocido en el pasado siempre había sido tímida y comedida. La Valerie de antes jamás daba a conocer su opinión, ni tampoco llevaba la contraria.

Pero esa joven ya no parecía existir. Su esposa había cambiado mucho durante el tiempo que habían pasado separados; había encontrado su lado más duro; se había encontrado a sí misma.

O quizá siempre había poseído esos atributos, pero se esforzaba en disimularlos…

Pero… ¿por qué habría hecho tal cosa? Nada tenía sentido.

Dev dejó el rompecabezas para otro momento. Estaba exhausto y su mente estaba fracturada en mil pedazos que no parecían encajar entre sí.

Ella lo había dejado perplejo; lo había deslumbrado, cegado...

Verla desnuda, esperándolo... Aquello había sido demasiado como para guardar la compostura y, probablemente, jamás podría sacarse esa imagen de ella de la cabeza.

Sin embargo, había algo que sí estaba claro. Esa nueva y misteriosa conexión que acababa de surgir entre ellos no iba a interferir en su vida. Él le había pedido que se casara con él por motivos lógicos y sensatos que aún seguían vigentes.

Su corazón no se podía ver implicado y, por ello, era mejor mantenerse a raya, lo más lejos posible de las emociones.

–¿En qué estás pensando?

–¿Qué? Oh, en nada –le dijo, mintiendo.

Valerie se volvió hacia él, apoyó la cabeza sobre su pecho y se acomodó. Deslizando las puntas de los dedos por su piel, suspiró.

–Ha sido increíble, Dev. ¿No lo sentiste?

Dev trató de mantener la cordialidad, pero no pudo evitar preguntarse por qué las mujeres siempre querían hablar después del sexo.

¿Por qué sería que siempre querían diseccionar lo ocurrido paso a paso, hablar de sus sentimientos y preguntarle por los suyos a su pareja?

–Claro –le dijo finalmente en un tono insípido.

Entonces inclinó la cabeza y la miró.

Ella tenía estrellas en la mirada, pero él no

podía sino sentir cómo se tambaleaba el suelo bajo sus pies.

Ella tenía las mejillas encendidas y sus profundos ojos de color violeta resplandecían; su boca aún estaba henchida por los besos y los pequeños mordiscos.

Parecía tan… apetitosa…

Dev sintió que su cuerpo volvía a la vida. Era evidente que aún no había disfrutado lo bastante de los encantos de su esposa.

–No tenía ni idea de que podía ser así –dijo ella, todavía sin aliento.

–Yo tampoco –las palabras salieron de su boca antes de que tuviera tiempo de pensárselo mejor.

–Entonces sí que sentiste algo especial.

Mediante aquella conversación trivial, Dev encontró una forma de distraer su atención y, mientras tanto, abarcó uno de sus pechos en la palma de la mano y le acarició la punta de un pezón. Ella respiró hondo, cerró los ojos y soltó el aliento lentamente.

–Eso es tan…

–Sí, lo es –dijo él, terminando la frase.

Y, de repente, terminar la conversación pasó a ser la cosa menos importante del mundo. Quería probarla de nuevo. Quería tomarse su tiempo para explorar el tentador cuerpo de su esposa.

Rápidamente tomó sus labios con un beso apasionado, dejándose llevar por una ola de pasión de la que no se podía escapar. La hizo entreabrir los labios y probó la calidez de su lengua, mientras que ella le sujetaba la cabeza con ambas manos y le devolvía las caricias con ardor.

De pronto, suspiró, y entonces Dev sintió una punzada inefable, inexplicable; algo que no quería identificar, algo que decidió ignorar.

La agarró con fuerza y la arrastró hasta colocarla a horcajadas encima de él. Su largo cabello le caía a ambos lados del rostro como una suave cortina de color marrón que olía a primavera.

Ella le sonrió al tiempo que él deslizaba las manos a lo largo de su espalda.

Algo pugnaba por salir de su interior, pero él había cerrado con llave todos los rincones de su ser. Nada escapaba a su férreo y autoimpuesto control.

–Me sorprendes –le dijo.

Ella sonrió nuevamente y se apoyó sobre su pecho, mirándole como si acabara de descubrir un glorioso secreto que no quería compartir con él.

–Me alegro, Dev –susurró justo antes de inclinarse hacia delante para darle otro beso en los labios–. Me alegro mucho.

Entonces se apoyó sobre las rodillas y, lenta, muy lentamente, se sentó sobre su miembro rígido.

Dev se preguntó quién era aquella mujer provocativa y sensual que nada tenía que ver con la joven tímida y sumisa con la que se había casado.

La agarró de las caderas, exhaló una bocanada de aire y la miró fijamente, concentrándose en lo que le estaba haciendo.

Frente a sus ojos había una mujer que podía robarle el sueño al más cínico de los hombres.

Y ya nada importaba, excepto el suave contoneo de su silueta y el sutil roce de su piel.

Ella se inclinó hacia atrás y susurró su nombre, meneándose bajo el resplandor de las velas, que le acariciaba la piel en un juego de luces y sombras.

Las perlas que llevaba al cuello brillaban como si tuvieran luz propia y su cuerpo lo absorbía más y más, hasta anular cualquier otro pensamiento que no fuera... ella.

Dev la sintió estremecerse sobre él y entonces se dejó llevar, soltando las riendas de su ser durante una ínfima fracción de segundo.

A la mañana siguiente, sin embargo, la sangre se le había enfriado y la cabeza se le había despejado.

¿Qué había motivado semejante cambio de personalidad en su esposa? ¿Quién era esa nueva mujer que lo atormentaba? ¿Era ése su verdadero carácter, o se trataba de una trampa diseñada para hacerle caer en la sumisión sexual?

En cuanto ese último pensamiento se cruzó por su mente, Dev soltó el aliento, sorprendido ante sus propios desvaríos.

Valerie no podía ser tan maquiavélica. No podía serlo. No había ni la más mínima duda. Sin embargo... Las campanas de advertencia seguían sonando en su cabeza.

Miró hacia la cama y la observó mientras dormía, resistiendo la tentación de tumbarse a su lado.

Nunca antes en su vida había pasado una noche como aquélla y una parte de él no quería que terminara.

Valerie le había mostrado una parte de ella que jamás había conocido y, después de haberlo probado, después de haber experimentado algo que nunca había tenido con ninguna otra persona, no sabía muy bien qué hacer.

Pero la única opción era seguir adelante como siempre; mantenerse impasible y no perder el control, nunca más.

No había razón por la que no pudiera disfrutar de las noches en brazos de su esposa y guardar las distancias durante el día.

Ella suspiró y se dio la vuelta, tapándose hasta el hombro con la sábana. El contraste de aquel material suave y sedoso sobre su tersa y cremosa piel encendía una chispa que le consumía por dentro; una chispa que tenía que apagar a toda costa.

Frunciendo el ceño, Dev se dijo que era suficiente con tenerla de vuelta. Ése era su lugar, a su lado.

En poco tiempo caerían en la rutina de siempre y todo volvería a estar en calma; un arreglo matrimonial sensato y organizado, con respeto mutuo y placeres secretos.

Así debía ser.

–No hay problema –susurró él, sonriendo y anticipando la noche que estaba por llegar.

Se dirigió hacia la puerta y al salir la cerró tras de sí con cuidado de no hacer ruido.

Al otro lado del pasillo estaba el balcón en el que habían cenado la noche anterior. Los restos de la cena que habían compartido aún estaban sobre la mesa.

Dev trató de no recordar, pero era difícil. Los recuerdos del postre lo asaltaban sin compasión, despertando su libido. La *mousse* de chocolate sobre el vientre de ella... Qué bien sabía...

Respirando profundamente, sacudió la cabeza y bajó las escalinatas dobles. Quería hablar con su padre antes de irse al trabajo y sólo podía hacerlo durante el desayuno.

Los tacones de sus zapatos de firma repiqueteaban sobre el pulido suelo de mármol y el eco de sus pasos rebotaba contra el alto puntal de la mansión.

–Buenos días, señor Hudson –dijo una de las empleadas del servicio al verlo cruzar el recibidor.

–Buenos días, Ellen –siguió andando, avanzando a través del largo pasillo del vestíbulo.

Él ya nunca se fijaba en el papel pintado a

mano que decoraba las paredes de la casa, ni tampoco en las antigüedades que sus padres habían coleccionado durante sus viajes al extranjero.

La mansión Hudson era antigua, mayestática y elegante, y contaba con un sobrio comedor para cenas formales y también con una enorme sala de fiestas por la que habían desfilado miles de invitados célebres a lo largo de varias décadas.

Sin embargo, esos lugares también albergaban otro tipo de recuerdos para Dev. En esos gigantescos salones solían jugar sus hermanos y él.

Además, el palacio Hudson tenía un cine privado donde visionaban tanto las películas de Hudson Pictures como largometrajes de la competencia, que siempre era feroz, y una confortable sala de estar dotada con numerosas estanterías llenas de libros, una mesa de billar, y un bar donde podían tomar unas copas. La cocina, enorme y ventilada, comunicaba con una sala de desayunos, donde la familia solía reunirse los domingos para tomar el *brunch*. Una buena oportunidad para ponerse al día y enterarse de todas las novedades.

Sin embargo, las últimas noticias de la familia Hudson no merecían ni el más mínimo comentario, según pensaba Dev.

Varios escándalos consecutivos habían puesto a prueba la unidad del clan cinematográfico más poderoso de Hollywood, y todos los miembros de la familia estaban a la defensiva; aguantando el tipo.

Y ésa era precisamente una de las razones por las que Dev había querido que Valerie volviera a su lado. Sólo faltaban unas semanas para la entrega de los Oscar y la familia tenía la obligación de mostrarse unida ante los medios.

Pero eso resultaba de lo más difícil, sobre todo porque su madre se había marchado de la mansión familiar para atrincherarse en su ático de Château Marmont.

Dev huyó de esos pensamientos envenenados. Si se ponía a pensar en todo lo que su madre había hecho para hundir a la familia, entonces sin duda iba a necesitar una copa, y era demasiado pronto para eso.

Markus Hudson estaba sentado en el desayunador, leyendo el periódico. La pálida luz de la mañana atravesaba los ventanales y se derramaba sobre la mesa de roble.

—¿Algo interesante, papá? —preguntó Dev, yendo hacia la mesa auxiliar, donde estaba el café recién hecho.

Se sirvió una taza y fue a sentarse junto a su padre.

—Lo normal —dijo Markus con una sonrisa, dejando a un lado el periódico.

Su cabello marrón ya mostraba ligeras pinceladas plateadas y sus ojos agudos y penetrantes mostraban la misma viveza de siempre.

Como director general de Hudson Pictures, a él nunca se le escapaba nada.

–Te has levantado muy pronto.

Y era cierto, incluso para él.

Pero todavía no había pensado bien las cosas, y no había querido arriesgarse a hablar con ella.

Dev se encogió de hombros.

–Hay un par de cosas que tengo que mirar en el estudio.

–¿Problemas? –preguntó su padre, recostándose en el respaldo de la silla y mirando a su hijo con atención.

Dev no quería preocuparle, así que trató de minimizar el asunto.

–No. Pero quería decírtelo antes de ocuparme del tema.

Markus se puso alerta de inmediato.

–¿Qué sucede?

Dev sonrió y disfrutó de la compañía de su padre.

–Lo normal. Harrow se ha pasado del presupuesto con los emplazamientos de rodaje, así que voy a tener que decirle que pise el freno, o no hay película.

Markus se echó a reír.

–Creo que te vas a hacer muy popular.

Dev asintió con un gesto serio.

Él ostentaba el cargo de vicedirector en la empresa y, por tanto, solía ser el blanco de airados ataques por parte de directores y actores furibundos. Sin embargo, lo que ninguno de ellos quería recordar era que hacer películas era un negocio. La parte artística era importante, pero también había que controlar las finanzas.

«Si no hay dinero, no hay arte», pensó para sí.

–Haz lo que tengas que hacer, Dev –dijo su padre, agarrando su taza de café–. Confío en ti.

–Gracias.

Había trabajado muy duro para ganarse la confianza de su padre y eso lo era todo para él. Sin confianza… Bueno, los Hudson ya sabían lo que pasaba cuando se acababa la confianza. Su propia madre, Sabrina Hudson, había traicionado a la familia de la peor manera posible y, con sólo pensar en ello, Dev montaba en cólera y se ahogaba en un mar de resentimiento.

Su madre había engañado a su padre y lo que parecía un matrimonio perfecto había resultado ser una farsa tras la que se había escondido un gran secreto durante mucho tiempo.

Dev no podía creer que la verdad hubiera tardado tanto tiempo en salir a la luz, pero… ¿qué habría pasado si lo hubieran sabido antes?

¿Se habrían divorciado sus padres?

Dev odiaba todo aquello.

Miró a su padre y entonces se dio cuenta de que había envejecido mucho en los últimos meses.

La traición, la muerte de su abuela, Lillian Hudson… Era evidente que había tenido que encajar demasiados golpes en muy poco tiempo.

Además, la muerte de su abuela estaba muy reciente y su padre no lo había superado todavía.

Un nuevo latigazo de resentimiento hacia su madre sacudió las entrañas de Dev. Su padre no había sacado el tema en ningún momento y él había preferido no poner el dedo en la llaga.

Sin embargo, aunque estuviera furioso con su madre por lo que había hecho, había una parte de él que quería ir junto a ella y pedirle una explicación.

¿Cómo había podido hacerles algo tan horrible?

No sólo había engañado a su propio marido, sino que los había tenido engañados a todos durante mucho tiempo. Se había pasado varias décadas fingiendo que no pasaba nada, que todo estaba como debía estar.

Pero nada estaba en su sitio. Nada.

Y su hermana Bella aún intentaba hacerse a la idea de que el hombre al que siempre había creído su tío era en realidad su padre.

David Hudson, el canalla del clan Hudson y hermano de su padre, había desaparecido nada más conocerse la verdad, pero eso no era ninguna sorpresa. Un tipo de su calaña no era lo bastante hombre como para quedarse después de haberse acostado con la esposa de su propio hermano.

Cuánto daño le había hecho a su familia…

–Dev –dijo su padre de repente–, tienes que quitarte toda esa rabia de encima.

–¿Qué? –Dev parpadeó, sacudió la cabeza y miró a su padre.

–Sé en qué estás pensando con sólo mirarte a la cara –Markus levantó la taza de café y empezó a tamborilear con los dedos sobre la superficie de porcelana.

–No sé en qué…

–Déjalo, Dev –dijo Markus–. Nunca has sabido fingir, Dev. Siempre has sido un libro abierto para mí.

Su padre tenía razón. Los dos eran tan parecidos que se veían reflejados el uno en el otro. Y a lo mejor ésa era la razón por la que el engaño de su madre le había golpeado tan duro.

Al alejarse de su marido, Sabrina también se estaba alejando de sus hijos, sobre todo del primogénito, el que más se parecía a su padre.

–Lo siento –dijo, bebiendo un sorbo de café y quemándose la lengua.

–No tienes por qué –le dijo su padre, incorporándose y apoyando los codos sobre la superficie de la mesa–. ¿Crees que no sé lo mucho que te duele? Sé que todos habéis sufrido mucho por este motivo.

–Pero no se trata de nosotros –trató de decir Dev.

–¿Cómo que no? –exclamó Markus–. No quiero que ninguno de vosotros le guardéis rencor a vuestra madre.

Dev soltó el aliento con exasperación.

–Es un poco tarde para eso, papá.

–Bueno, supéralo.

–¿Qué?

–Ya me has oído –Markus dejó la taza sobre la mesa con un pequeño estruendo–. Sí. Ya sé que todo esto ha conmocionado a toda la familia y todos os habéis visto afectados... sobre todo Bella –hizo una pausa, tragó en seco y sacudió la cabeza como si intentara ahuyentar pensamientos duros–. Pero Sabrina es tu madre y le debes respeto.

–Respeto.

–Eso es –Markus frunció el ceño–. Vosotros cuatro sois sus hijos. No tienes derecho a juzgarla.

Dev volvió a respirar con fuerza.

Y su padre lo fulminó con la mirada.

–Los problemas entre tu madre y yo son cosa nuestra. Tú no lo sabes todo, Dev. No puedes saberlo. Ninguno de vosotros puede. Tu madre y yo tenemos cosas que resolver y lo haremos, a su debido tiempo. Vosotros no tenéis nada que decir en este tema por mucho que os queramos.

Asombrado ante la reacción de su padre, Dev lo miró con curiosidad. Jamás había esperado que la defendiera con tanta vehemencia.

–¿Has hablado con ella? –le preguntó.

Markus suspiró.

–Claro que he hablado con ella, y precisamente se trata de eso, Dev. Lo que pase entre tu madre y yo debe quedar entre tu madre y yo.

Dev comprendía las palabras de su padre, pero sus sentimientos no le dejaban pensar con claridad.

Mentiras y más mentiras que habían minado su confianza sin remedio.

Y el dolor de saber que su madre no era la persona que siempre había creído que era.

Pero él tampoco quería causar una discusión con su padre.

–Tienes razón, papá –dijo, finalmente, vaciando la taza de café.

–Me alegro de que lo hayas comprendido. Bueno, ¿hay algo más de lo que quieras hablarme?

Dev pensó en ello un momento y entonces decidió que no tenía sentido ocultar el regreso de Valerie por más tiempo.

–Sí. Hay algo más. Pero no es nada de trabajo. Val ha vuelto.

–¿En serio? –Markus sonrió y le dio una palmadita en el hombro a su hijo–. Eso son muy buenas noticias, hijo. Me alegro de que por fin hayáis solucionado las cosas. Tu madre se…

Markus dejó la frase incompleta y Devlin frunció el ceño. Todo era culpa de su madre y de la onda expansiva que había generado su traición.

Ella debería haber estado allí, en la casa, junto a su padre. Sin embargo, se estaba alojando en un hotel, muy lejos de su familia.

¿Cómo habían podido llegar a ese punto?

Los Hudson siempre habían sido una familia unida, atípica en Hollywood. Los miembros del clan siempre se habían mantenido alejados de los escándalos y de todos los problemas que sacudían los cimientos de la ciudad del glamour.

Dev siempre había creído que eran especiales, que estaban bendecidos… Pero era evidente que eso se había acabado.

—Mira, tengo que ver a Harrow y pararle los pies antes de que pase otra semana más en el emplazamiento de rodaje. Debería filmar interiores en los estudios y además puede añadir lo que quiera en posproducción.

—A Harrow no le hará mucha gracia —le advirtió su padre con una sonrisa cómplice—. Él es un… artista. Pregúntaselo. Verás como te lo dice.

Dev sonrió, aliviado de haber vuelto a un tema más ligero.

—Puede que sea un artista, pero yo soy el que tiene el dinero, así que va a tener que escucharme. No le va a gustar, pero tendrá que hacerlo.

Levantándose de la silla, Dev se abotonó la chaqueta y fue hacia la puerta.

Su vida personal estaba plagada de interrogantes, pero aún podía refugiarse en el trabajo.

Capítulo Cinco

Valerie se despertó sola. De alguna forma, había esperado encontrarse con su esposo al levantarse, sobre todo después de la noche que habían pasado.

¿Acaso ya se había olvidado de ella?

De ninguna manera. Ella no iba a dejar que eso ocurriera de nuevo.

Era parte de su vida y tenía que hacérselo saber de todas las maneras posibles.

De repente, sus recuerdos volvieron a la noche que habían compartido. El servicio ya había recogido los restos de la comida de la mesa del balcón, pero las imágenes de esa noche memorable se quedarían con ella para siempre. El frío de la *mousse* de chocolate sobre la piel caliente… Su marido podía llegar a ser muy creativo.

Valerie sonrió para sí, contenta de tener otra oportunidad en su matrimonio.

—Pero el sexo es sólo el comienzo —susurró—. Sólo tengo que demostrarle lo mucho que me necesita. Y sí que me necesita. Está demasiado solo. Demasiado aislado de todo —frunció el ceño—. Pero no lo estará por mucho más tiempo.

Mirando a su alrededor, decidió que tenía que hacer algo respecto a la decoración de la casa. Ése era su lugar tanto como el de Dev; ambos compartían un hogar y, por tanto, tenía que haber cabida en él para los dos.

De pronto reparó en una horrible butaca marrón oscuro que afeaba toda la estancia y decidió cambiarla de sitio. Empezó a empujarla con todas sus fuerzas, pero el mueble se resistía y ya casi estaba sin aliento cuando alguien llamó a la puerta.

Agradecida de tener algo de compañía, se quitó el cabello de los ojos, miró la butaca con rabia y abrió la puerta de par en par.

−¡Val! ¡Has vuelto! ¡Es genial! Papá me dijo que habías vuelto, pero tenía que comprobarlo por mí misma. ¡Y me alegro tanto! −Bella Hudson entró en el apartamento, envuelta en el exquisito aroma de su perfume.

El cabello pelirrojo le caía en cascada sobre los hombros y sus azules ojos brillaban con picardía.

Llevaba una blusa de seda verde oscuro, vaqueros pitillo y sandalias doradas y, como siempre, iba acompañada de su inseparable perrito, Muffin; una bola de pelo enredado con la cara achatada y los dientes agarrotados. El canino más feo que debía de existir en todo el universo, pero también el más entrañable.

Y ese día, Muffin iba vestido con una camiseta del color de la blusa de su dueña.

Valerie disimuló una sonrisa y cerró la puerta.

–Me alegro mucho de verte, Bella.

Durante los dos meses anteriores, la hermana de Dev había pasado por momentos muy difíciles. Todos los periódicos del país se habían hecho eco del escándalo que había azotado a la familia Hudson y ya no quedaba nadie por enterarse de que su verdadero padre no era Markus, sino David Hudson.

Valerie, por su parte, había sufrido mucho por su amiga, pero no había podido estar a su lado para consolarla.

Nada más estallar la bomba mediática, Bella se había marchado a Francia para alejarse de los fotógrafos y de la prensa.

Y justo después de la marcha de la actriz, Valerie había abandonado a Dev.

Sin embargo, las cosas ya le iban mejor a Bella, que estaba locamente enamorada de su prometido, el magnate hostelero Sam Garrison. Y por suerte para Bella, él sentía lo mismo por ella.

«Qué suerte…», pensó Valerie, suspirando con discreción.

Quizá algún día llegaría a saber lo que era amar y ser correspondida.

Bella le dio un abrazo efusivo, retrocedió y entonces la miró de arriba abajo.

–Pareces diferente –ladeó la cabeza–. ¿Qué es?

Valerie se preguntó si los vestigios de la pasión aún asomaban en su rostro.

Se encogió de hombros y le restó importancia.

–No hay nada distinto. Es que me miras con buenos ojos y alegría.

–Cierto. Y es que estoy muy contenta –Bella dejó a Muffin sobre el suelo de parqué para que pudiera entretenerse un rato, olisqueando y retozando–. Es increíble, Valerie –dijo Bella, girando sobre sí misma–. Hace un par de meses yo estaba segura de que mi vida no iba a mejorar, y ahora…

–¿Va mejor? –preguntó Valerie.

–Oh, no sabes cuánto ha mejorado.

–¿Cómo está Sam?

Era evidente que el empresario había sido el artífice de ese gran cambio del que hablaba y que la hacía brillar por fuera y por dentro.

–Muy bien –dijo Bella, sonriendo–. Has estado leyendo los periódicos, ¿no?

–Sí –dijo Valerie, llevándosela hacia el sofá–. ¿Y cómo iba a seguirles la pista a mis amigos si no?

La sonrisa de Bella se desvaneció al momento y una expresión de culpabilidad cruzó su rostro.

–Oh, cariño, lo siento. Debería haberte llamado, pero todo ha sido una locura y…

–No –Valerie le quitó importancia a la preocupación de su amiga. Ella la entendía mejor que nadie–. No te preocupes por eso. Sé exactamente lo que quieres decir. Yo quise llamarte…

Bella frunció el ceño y se mordió el labio inferior, recordando el remolino de locura que se había generado alrededor del escándalo de sus padres.

–Es mejor que no lo hicieras. No era la mejor compañía en esos momentos.

–Lo sé, pero ahora estás aquí, en la casa, así que has arreglado las cosas…

Bella sacudió la cabeza.

–Vine a ver a mi padre –dijo poniendo énfasis en la última palabra.

Markus siempre sería su verdadero padre, por mucho que David fuera su progenitor biológico.

–¿Y tu madre? –preguntó Valerie, apretándole la mano.

–Todavía no hemos hablado, pero pronto lo haremos. Tenemos que hacerlo. Es que todavía no tengo claros mis sentimientos. ¿Sabes? Yo quiero a mi madre. Eso no va a cambiar. ¿Pero cómo pudo ocultarme algo así durante tanto tiempo? Sé que tengo que hablar con ella, oír su versión de los hechos –admitió–. Todavía estoy tan confundida sobre todo esto… Ni siquiera sé si hablar con mi madre es lo más adecuado en este momento o… –miró alrededor para controlar al perro–. Cariño, no mordisquees la zapatilla del tío Dev.

Valerie miró por detrás del sofá e hizo una mueca. Pero ya era demasiado tarde.

Las zapatillas de diseño de Dev estaban destrozadas.

Sin embargo, le estaba bien empleado por haberlas dejado tiradas en cualquier parte.

–¿Sabes? –dijo Bella, cambiando de tema–. Estoy cansada de hablar y de pensar en mis propios problemas. Cuéntame de ti. ¿Qué te ha hecho volver a esta sombría fortaleza?

Valerie pensó que era una muy buena descripción del apartamento de Dev.

–Tu hermano.

Bella parpadeó, perpleja.

–¿En serio? ¿Fue a buscarte y te trajo de vuelta?

–¿Tanto te sorprende?

–¿Estás de broma? –Bella dobló las piernas encima del sofá, se echó a reír y llamó al perro–. Muffin, cariño, al tío Dev no le hará mucha gracia que destroces ese libro –se volvió hacia Valerie, todavía sonriente–. ¿El gran Devlin Hudson fue detrás de su esposa, la mujer que lo dejó plantado?

–No había una forma mejor de decirlo –comentó Valerie, restándole importancia.

–Desde luego que no –repuso Bella–. Era justo lo que necesitaba. Llevarse un buen golpe de la vida. ¡Y parece que ha funcionado! ¡Fue a buscarte! Es algo histórico. Eso es lo que es.

–Bella… –dijo Valerie, sonriendo.

–¡Lo digo de verdad! Dev nunca ha ido detrás de ninguna mujer –sacudió la cabeza–. Las mujeres se han arrojado a sus pies desde que era sólo un chaval. Así que el mero hecho de haber ido detrás de ti… Bueno, es increíble. De verdad.

A Valerie no le hacía mucha gracia pensar en la legión de mujeres que estaban dispuestas a ocupar su lugar, pero, al mismo tiempo, no podía sino reconocer que Bella tenía razón en ese aspecto.

Él había sido quien había ido a buscarla y le había pedido otra oportunidad para su matrimonio.

–Y por suerte accediste a volver con él –dijo Bella–. Ha estado insoportable desde que te fuiste.

–¿En serio? –exclamó Valerie, sintiéndose mejor.

Siempre había creído que ella era la única que sufría por la separación.

–Oh, claro que sí. Se puso como loco cuando te fuiste. No podíamos ni acercarnos a él. Incluso su asistente, Megan Carey, lo esquivaba cada vez que podía, y tú ya sabes que Megan es una mujer de armas tomar.

La chispa de esperanza que había empezado a brillar en el corazón de Valerie se apagó de inmediato. Ella siempre había querido imaginarle triste, apesadumbrado, pero no. Dev Hudson sólo había sido capaz de sentir rabia.

–Entonces no estaba triste, sino molesto –dijo.

–Las dos cosas. Créeme. Dev no está acostumbrado a perder. En nada. Cuando te fuiste, se llevó una sorpresa tan grande, que sólo fue capaz de sentir rabia durante muchas semanas, y entonces la tristeza le golpeó donde más duele –Bella frunció el ceño al ver lo que estaba haciendo Muffin–. Cariño, no deberías dormir en esa almohada. Creo que es de seda.

Valerie miró por encima del hombro y contempló al perrito con malicia. El animal estaba acurrucado sobre una de las horrorosas almohadas marrones de Dev y ya empezaba a mordisquear una esquina.

Valerie no hizo nada para impedírselo.

–Bueno, sinceramente, Val, nunca he visto a mi hermano tan… deprimido. Quiero decir que él nunca ha sido especialmente alegre. Dios sabe que no. Pero esta vez las cosas llegaron más lejos. Ya le conoces. Él nunca pierde los estribos. Nada le afecta, nada logra romper esa dura coraza de hierro tras la que se esconde. Bueno, por lo menos siempre ha sido así hasta que te marchaste. Creo que realmente pusiste su mundo patas arriba cuando le dejaste abandonado.

–No fue por eso por lo que me fui.

Valerie reparó en la gran ironía que había en toda aquella historia. Dev nunca había sabido apreciarla mientras estuvo a su lado y, sin embargo, había empezado a hacerlo en su ausencia.

–Cariño, lo sé –dijo Bella, sonriendo con complicidad–. Crecí con los Hudson, ¿recuerdas? Y aunque los quiero mucho, no estoy ciega. Soy capaz de ver sus defectos, que no son pocos, sobre todo los de tu marido.

De pronto, Valerie sintió ganas de defenderle, aunque estuviera de acuerdo con su cuñada.

Sin embargo, por muchos defectos que tuviera, Devlin era mucho más hombre que todos los hombres que había conocido en su vida. Y además, era el único hombre al que verdaderamente había amado.

Y por eso merecía la pena luchar por él.

–Oh, ya sé que es arrogante, testarudo y autosuficiente –dijo Valerie–. Pero por debajo de todo eso, creo que es un hombre increíble. De verdad que lo pienso. Sólo tengo que convencerlo de lo mucho que me necesita.

–Tienes razón –dijo Bella, sonriendo–. Sí que te necesita. Desesperadamente. Pero, igual que todos los hombres de este planeta, no es capaz de ver lo que tiene delante de las narices. No obstante, yo tengo fe en ti, Valerie. Si hay alguien que pueda atravesar ese escudo de hierro, ésa eres tú. Creo que eres perfecta para él. Sobre todo ahora –añadió, ladeando la cabeza y mirando a Valerie con ojos agudos–. Pareces más… segura de ti misma que antes. Parece que sabes lo que quieres.

–Bueno, me alegro de que se note –Valerie se recostó en el sofá–. Antes estaba tan enamorada de tu hermano que me esforzaba demasiado por que todo fuera perfecto, ¿sabes?

—Oh, sí.

—No discutía con él, no me atrevía a dar mi opinión… Era la perfecta esposa sumisa que siempre cedía ante las exigencias de su esposo, y le dejé avasallarme en demasiadas ocasiones.

—Eso se le da muy bien a él —declaró Bella, asintiendo con la cabeza.

—Exactamente —dijo Val, mirando a su alrededor.

La habitación era completamente masculina, pero… ya había un detalle femenino en ella; el ramo de rosas que Dev le había llevado la noche anterior.

—La primera vez que entré en esta casa, estaba tan ocupada intentando ser la esposa de Devlin Hudson, que se me olvidó ser Valerie Shelton. Pero eso no va a volver a ocurrir.

—¡Muy bien!

Valerie sonrió de oreja a oreja y disfrutó del sentimiento de solidaridad que compartía con Bella. Era bueno tener una amiga que la entendía tan bien, una amiga con la que podía contar.

—¿Sabes? Cuando nos casamos, ni siquiera sabía muy bien lo que quería. Sólo sabía que quería estar con él. Pero ahora… —volvió a mirar a Bella—. Ahora lo quiero todo.

—No hay que conformarse con menos —dijo la hermana de Dev—. Dios sabe que yo no me conformaría con menos de lo que tengo ahora. Sam es lo mejor que me ha pasado, así que estoy de acuerdo contigo.

–Gracias. Te lo agradezco.

Bella sonrió.

–Bueno, ¿qué estabas haciendo cuando llegué?

–Estaba tratando de mover estos muebles. Ya sabes, para darle la vuelta a esta horrible decoración. Pero son tan pesados, que no puedo ni moverlos un centímetro.

–Ya sabía yo que había oído unos ruidos extraños –dijo Bella, mirando a su alrededor–. Mm. Tienes razón. Esta habitación está congelada en el tiempo. Dev no debe de haber cambiado nada desde que se mudó a esta ala de la casa hace un montón de años –dijo, confirmando las sospechas de Valerie.

–Con un poco de ayuda, podría mover estos muebles. ¿Me echas una mano? Sólo quiero cambiar de sitio algunas cosas.

Bella se echó a reír.

–Sabes que podemos llamar al servicio y tener toda la ayuda que queramos.

–Sí… –dijo Valerie, pero ella en realidad no quería hacer eso.

–Bueno, ya veo que quieres hacerlo tú misma.

–Sí.

–Entonces será mejor que empecemos –dijo Bella, levantándose del sofá–. Oh, Muffin, cariño, ¿tenías que hacer tus cositas ahora? –dijo, mirando a Val y encogiéndose de hombros–. De todos modos, ibas a deshacerte de esa horrorosa almohada, ¿no?

–Desde luego –dijo Valerie, mirando la mancha que Muffin había dejado.

–Muy bien, entonces no hay nada que lamentar –dijo Bella, sonriendo–. ¿Por dónde empezamos?

Valerie se puso de pie, miró a su alrededor y suspiró.

–De momento, vamos a reorganizar los muebles. Estas zonas vacías no me gustan nada.

Bella sonrió.

–Sí. A mí tampoco. La habitación está demasiado despoblada de esta manera, desangelada, diría yo.

–Esto va a ser divertido –dijo Valerie–. Empecemos poniendo el sofá junto al hogar.

–Perfecto –dijo Bella, poniéndose en un extremo del enorme butacón–. Qué bien que los suelos son de madera dura. Así podemos deslizar estos armatostes.

Valerie se dio cuenta de que podían rayar el suelo, pero entonces decidió cambiarlo también, o comprar alfombras de colores claros…

Las posibilidades eran muchas.

–Ya veo que estás imaginando muchas cosas distintas –dijo Bella.

–Se nota, ¿verdad?

–Sólo yo lo noto, y eso es porque me preocupo por ti. Y por Dev. Así que tengo los dedos cruzados –sonrió con cariño.

–Muchas gracias, Bella. Te lo agradezco mucho –dijo Valerie, apreciando el apoyo de Bella–. Francamente, creo que voy a necesitar toda la ayuda posible –añadió, sabiendo que la ayuda de su cuñada no tenía precio.

–Oh, no sé –dijo Bella, incorporándose y mirando las flores con picardía–. A mí me parece que ya has llamado su atención.

–Cierto. Pero lo que más me preocupa es mantenerla.

–Eso no va a ser un problema. Creo que eres perfecta para él, así que no te rindas. Te va a dar muchos quebraderos de cabeza, pero merece la pena. Es un buen hombre, Val. Nunca lo olvides –dijo Bella.

–No te preocupes. Nunca lo olvidaré –dijo Valerie, agarrando con fuerza el sofá–. No voy a irme de nuevo. Esta vez me quedo.

–Así me gusta –dijo Bella, soltando el aliento bruscamente–. ¿Entonces estás lista para mover esta monstruosidad?

–Lista –dijo Val, sabiendo que no se trataba sólo de mover muebles pesados.

Aún tenía por delante un gran desafío. Recomponer su vida y llevar a Dev con ella.

***

–No puedes hacerme esto –gritó Dave Harrow, tirándose de su pelo canoso y escaso–. Necesito tres días más, por lo menos, en el emplazamiento de rodaje. No esperarás que ruede toda la película en el estudio.

Dev se mantuvo impasible ante la dramatización.

Él ya estaba acostumbrado a los espectáculos de los directores.

–Mira, Harrow... –le dijo, llevándoselo lejos de la multitud curiosa–. Ya te has pasado del presupuesto, y lo sabes. He estirado el presupuesto todo lo que he podido, pero ya no puedo hacer más excepciones, así que si quieres terminar la película, tienes que volver.

Harrow empezó a mirar a un lado y a otro, como si buscara a alguien que acudiera en su ayuda.

Pero allí no había nadie.

Además, él ya sabía que Devlin Hudson siempre iba en serio.

–Muy bien –dijo finalmente–. Terminaremos el rodaje mañana y haremos el resto en el estudio.

–Hoy.

Harrow se puso rojo como un tomate.

–Mañana. Ésa es mi última oferta.

Dev se lo pensó mejor, ocultó una sonrisa y le dejó pensar que había ganado la batalla. De camino al lugar ya había decidido darle un día más para terminarlo todo.

–De acuerdo –le dijo, como si hubiera considerado varias opciones–. Mañana. Y regresas enseguida.

–Muy bien, maldito bastardo agarrado y usurero.

Dev no pudo ocultar la sonrisa al oír sus palabras.

–Viniendo de un manirroto egocéntrico y arrogante, no puedo sino tomármelo como un cumplido.

–Y deberías –admitió Harrow con reticencia–. Eres un tipo difícil de tratar, pero no metes las narices demasiado.

–Harrow… –dijo Dev, sin dejar de sonreír–. ¿Eso quiere decir que me quieres un poquito?

El hombre soltó un bufido de indiferencia.

–Ese chiste es casi tan viejo como tú. Además, a mí no me gusta nadie y tú lo sabes mejor que nadie –miró hacia los camiones del catering–. ¿Te apetece un café antes de dejarme en paz de una vez?

–No sigas tirándote así del pelo. Dentro de poco no te quedará nada –Dev miró su reloj de pulsera–. ¿Por qué no? Puedes seguir quejándote un rato.

Harrow lo llevó hacia allí. Los tráileres estaban aparcados bajo una arboleda cercana al acantilado bajo el que se extendía Laguna Beach.

Una hermosa ciudad perteneciente al Orange County, situado a cuarenta millas de Los Ángeles; el emplazamiento perfecto para rodar exteriores.

Sin embargo, Dev ya no podía seguir invirtiendo dinero en actores caprichosos, luces, equipos y camiones de catering.

–Vosotros los de la oficina no entendéis lo que tenemos que aguantar nosotros –decía Harrow de camino.

–Y vosotros, los creativos de detrás de las cámaras, siempre decís lo mismo –dijo Dev, replicándole por diversión.

La realidad era que Harrow era un director muy bueno y la película iba a ser un gran éxito de Hudson Pictures. Estrellas jóvenes y frescas, exteriores de playa, el mejor guionista de Hollywood…

Dev ya contaba con un gran taquillazo.

Casi habían llegado al camión cuando Harrow fue asaltado por un asistente, así que Dev se hizo a un lado.

Avanzando hacia el borde del acantilado se dejó acariciar por la brisa del mar. Las olas rompían furiosas contra las rocas que yacían al pie del empinado y vertiginoso acantilado.

Estaban en febrero, pero, aun así, decenas de surfistas desafiaban a los elementos sobre sus endebles tablas en el Océano Pacífico.

Sólo había algunos paseantes por la playa y un labrador color terracota retozaba junto a la orilla, jugando con una pelota.

De repente sonó el teléfono y Dev masculló un juramento.

–No puedo tener ni un maldito momento para relajarme.

Miró la pantalla y, al ver el número, todo su cuerpo entró en tensión. Hacía más de dos meses que no veía ese número en la pantalla.

–¿Valerie?

–Hola, Dev. Soy yo. Quería saber si ibas a venir a cenar.

La pregunta lo tomó por sorpresa. Ella nunca lo había llamado para saber a qué hora llegaba a casa.

Valerie solía andarse con pies de plomo, temerosa de despertar su ira. Pero eso se había acabado.

–¿Qué? –le preguntó, sacudiendo la cabeza, desconcertado.

Valerie guardó silencio un momento.

–Ya sabes. La cena. ¿La última comida del día?

Dev frunció el ceño y contempló a un surfista que galopaba sobre una ola hasta la orilla.

–Ya sé lo que quieres decir. Es que no estoy seguro de…

–He comprado unas vieiras exquisitas y pensé en hacer la cena, pero quería saber si ibas a venir. De lo contrario…

–¿Vas a hacer la cena? –preguntó él, interrumpiéndola y apartándose el teléfono del oído un instante para comprobar el número de nuevo.

¿Era su esposa la mujer con la que hablaba en ese momento?

Sin duda. Era ella.

Pero ésa era la primera vez que hacía la cena.

En el pasado siempre habían disfrutado de cenas familiares y formales junto al resto de los Hudson, pero él siempre había evitado pasar tiempo con ella. Era tan tímida y tranquila que siempre lo había hecho sentirse incómodo con su presencia anodina.

–Sí, voy a cocinar. No se me da mal.

–Yo no he dicho lo contrario.

–Pero lo estabas pensando.

–¿Ahora también lees el pensamiento?

–No ha sido demasiado difícil –dijo ella, suavemente.

Dev se preguntó si realmente sonaba decepcionada o si sólo se trataba de su propia imaginación.

–¿Entonces vas a venir o no? –preguntó ella en un tono exasperado que no podía ser más real.

–Sí –Dev comprobó el reloj y miró a Harrow por encima del hombro–. Luego voy. Llegaré a eso de las seis.

–Perfecto.

Dev casi pudo oír su sonrisa al otro lado de la línea telefónica y entonces no pudo evitar sentir ganas de sonreír.

Pero no. ¿Por qué estaba tan contento de repente por hacerla feliz?

Frunció el ceño y decidió cerrar la puerta que se había abierto por un efímero instante.

–Muy bien –dijo Valerie–. Te veo luego. Que tengas buen día, Dev –añadió, y colgó el teléfono.

Pero Dev se quedó paralizado un momento, mirando el teléfono como si acabara de perder contacto con el planeta Marte.

¿Qué estaba ocurriendo entre Valerie y él?

La respuesta a esa pregunta estaba enterrada bajo toneladas de trabajo que ocupaban su mente en todo momento.

Echó a andar hacia Harrow y volvió a pensar en las películas sin mucho esfuerzo.

Capítulo Seis

Valerie estaba encendiendo unas velas de color rosa pálido cuando oyó la llave de Dev en la cerradura.

En ese momento el aliento se le quedó atrapado en el pecho y una efervescencia de burbujas empezó a bullir en su vientre.

Una estupidez. No tenía por qué estar nerviosa. Pero no podía evitarlo.

Las luces de las velas bailaban al ritmo de la suave brisa nocturna y una suave melodía de jazz brotaba del equipo de sonido. Había entremeses sobre la mesa y Valerie se había puesto el vestido que Bella la había hecho comprarse.

Estaba todo lo lista que se podía estar.

Al abrirse la puerta, corrió del balcón a la habitación para recibirle, pero antes de que pudiera saludarle, oyó un golpe seco seguido de un quejido.

—¿Dev? —corrió a través de la estancia en sombras. El ruido de sus vertiginosos tacones hacía eco sobre las paredes—. ¿Te encuentras bien?

Él reparó en la mesa que ella había cambiado de posición y fue hacia ella cojeando.

–En cuanto se me pase el dolor estaré bien.

–¿Qué te ha pasado?

–Casi me mato con esa maldita mesa que no estaba ahí cuando me fui al trabajo –se detuvo en seco y miró a su alrededor–. ¿Qué ha pasado aquí? ¿Quién ha movido los muebles?

–Yo.

Él la miró.

–¿Por qué? –le preguntó. Sus ojos azules estaban llenos de desconfianza y recelo. Tenía el pelo alborotado, como si se lo hubiera estado tocando mucho. Su corbata estaba suelta en el cuello y el primer botón de su camisa estaba desabrochado.

Valerie no pudo evitar reaccionar ante las deliciosas sensaciones que la invadían al verle así.

Se encogió de hombros con indiferencia.

Ella quería que todo estuviera perfecto cuando él llegara a casa, pero nunca hubiera deseado que se rompiera una pierna al entrar en la habitación.

Llevaba todo el día esperando su llegada y era evidente que no había encajado muy bien los cambios.

–Los dos vivimos aquí, Dev –le dijo, con un ánimo positivo–. Sólo quería mejorar un poco la habitación.

–¿Un poco? –exclamó, inclinándose para frotarse la espinilla–. Casi me mato con la mesa que dejaste junto a la puerta.

–Bueno –dijo ella en un tono risueño–. A mí me parece que estás muy saludable.

Él sacudió la cabeza y volvió a mirar a su alrededor.

Valerie siguió su mirada.

La nueva disposición de los muebles no podía ser mejor. Sin embargo, aún mejoraría mucho más en cuanto sustituyera esos horribles muebles oscuros por piezas acolchadas de colores claros.

–Está muy bien, ¿no crees? –dijo–. ¿Ves?, he movido ese sofá y lo he puesto delante de la pantalla de televisión, pero quería poner el otro frente al hogar. Así uno se puede acurrucar frente al fuego.

–¿Acurrucar? –le preguntó él, mirándola con asombro.

–Y también le quité unas cuantas flores al jardín de tu madre –dijo ella, sonriendo–. Espero que no le importe.

–Mi madre no está aquí.

–Lo sé, pero volverá.

Él suspiró.

–Valerie…

–Creo que el nuevo arreglo te gustará cuando te acostumbres a él –dijo ella rápidamente, cambiando de tema.

–Si es que no me mato antes –murmuró él–. ¿Y cómo lo has hecho todo en un día?

–Bella me ayudó.

–¿Bella ha estado aquí?

—Esta mañana –dijo Valerie, disfrutando de la sensación de sorprenderle. Le agarró del brazo y lo hizo avanzar unos pasos dentro de la habitación–. Nos lo pasamos muy bien.

—Ya lo veo –masculló él.

El corazón de Valerie se hundió un poco, pero no demasiado.

¿Por qué tenía que cuestionarla en todo? ¿Por qué se empeñaba en ponerle las cosas tan difíciles?

—¿Entonces no te gusta nada? –le preguntó, sin darse por vencida.

Se detuvo frente a la mesa del balcón. Agarró la botella de Chardonnay, sirvió dos copas de vino y le dio una a Dev.

A la luz de la luna, sus ojos azules se oscurecían y el atisbo de emociones que Valerie había creído ver en otras ocasiones era imposible de encontrar.

Él bebió un sorbo, soltó el aliento y la miró una vez más.

—No es que no me guste. Es que me ha sorprendido –dijo, haciendo una mueca y mirándola.

Valerie levantó la barbilla y se mantuvo firme, sin perder el contacto visual mientras la miraba de arriba abajo.

Le ardía la piel bajo las caricias de aquellos ojos penetrantes y su corazón latía a cien por hora.

Qué bien que se había ido de compras con Bella esa tarde.

El vestido negro que llevaba puesto tenía un escote tan generoso que casi mostraba los pezones, y la falda terminaba justo por debajo del trasero. Además, se ceñía a su cuerpo como una segunda piel y era tan apretado que ni siquiera se había podido poner un tanga, para que no se le vieran las marcas.

Bella había insistido tanto en que se lo comprara que al final no había podido resistirse.

Él la devoraba con la mirada y, de pronto, ella se sintió poderosa.

—Estás… —dijo él, bebiendo un poco más de vino—. Ese vestido es…

—¿Te gusta? —preguntó ella, dándose la vuelta lentamente.

—Sí —dijo él en un tono circunspecto—. Podría decirse que sí.

—Me alegro —dijo ella, sonriendo de oreja a oreja.

De repente, Dev sintió una punzada de desconfianza. ¿Qué se traía entre manos? ¿Acaso estaba intentando volverle loco?

Si ése era el plan, entonces todo le estaba saliendo muy bien.

Reorganizar los muebles, hacer la cena, ponerse un vestido sensual…

En ese momento sólo podía pensar en arrancárselo de la piel y un torrente de lujuria corría imparable por sus venas.

No había podido dejar de pensar en ella en

todo el día y, por fin, la tenía ante sus ojos, vestida para seducir. Y lo único que deseaba era ver cómo se le salían los pechos de ese vestido diminuto.

Llevaba en la casa menos de cuarenta y ocho horas y ya había puesto patas arriba todo su mundo, pero eso no era lo que él había planeado cuando la había ido a buscar a su apartamento. Debería haber sido él quien pusiera las reglas y condiciones. Debería haber sido él quien la sorprendiera. Sin embargo, tenía la sensación de haber irrumpido en un plató en mitad de un rodaje, sin saberse su papel, ni el argumento de la película.

—¿Por qué no nos sentamos y charlamos un poco antes de cenar? —sugirió ella—. Cuando estemos listos sólo me llevará unos minutos cocinar las vieiras.

—Sí. Es buena idea —dijo Dev, pensando que quizá sí era buena idea hablar con ella, a ver si así podía descifrar qué estaba tramando.

—Vamos a sentarnos en el sofá, ¿no? ¿Llevas el vino y yo llevo estos aperitivos?

Agarró la bandeja repleta de exquisitos aperitivos y se dirigió hacia el mullido sofá que había colocado enfrente del hogar.

Sobre la repisa de la chimenea había varias velas encendidas.

Un escenario de seducción…

¿Era eso lo que intentaba hacer?

Devlin reparó en su turgente trasero cuando

se dio la vuelta. Aquel fino tejido negro acariciaba la redondez de su cuerpo con firmeza.

Sacudió la cabeza y trató de concentrarse. Agarró la botella de vino y fue tras ella, pasando por delante del balcón donde habían hecho el amor con frenesí la noche anterior.

Velas y más velas, porcelana, una enfriadora de plata con una botella de champán, la brisa nocturna, la puesta de sol, las primeras estrellas...

Llevó la botella al sofá y se sentó a su lado. Ella lo esperaba con las piernas cruzadas y los ojos brillantes; una sonrisa curvó sus labios.

–¿No estamos mejor aquí? –le preguntó ella–. Me gusta sentarme delante del fuego.

–Ajá –él la miró de reojo y entonces no pudo evitar fijarse en la sugerente curva de sus pechos.

De inmediato le dio un trago a la copa de vino para despejarse un poco, pero no funcionó.

–Hoy hace demasiado calor como para encender el fuego, pero las velas sirven igual –añadió ella.

–Sí. Está muy bien –dijo él en un tono tenso.

–Creo que la nueva organización de los muebles te gustará en cuanto te acostumbres.

–Supongo –Dev se recostó en el sofá, estiró las piernas por delante y las cruzó a la altura de los tobillos.

El suave aroma de su perfume de mujer comenzaba a embriagarle lentamente, envolviéndole sin remedio.

Respiró hondo y absorbió la exquisita fragancia.

Ella lo estaba volviendo loco.

–Todavía hay algunas cosas que quiero cambiar.

–Claro –dijo él. Hizo una pausa y entonces pensó en lo que acababa de decir–. ¿Qué?

–Bueno, las butacas de cuero no son muy cómodas, ¿verdad? –Valerie se echó hacia atrás y apoyó la cabeza sobre su hombro.

Dev bebió otro sorbo de vino.

–Mientras que no sean de color rosa, puedes hacer lo que quieras –dijo–. Una vez, Bella amuebló la casa de campo para invitados y había tantas cosas de color rosa que era como caminar sobre algodón de azúcar.

Ella se echó a reír.

–Nada de rosa. Lo prometo.

Él también sonrió. Era agradable estar allí, sentado a su lado, entre las sombras.

Tomó un poco más de vino y, poco a poco, empezó a liberarse de la tirante tensión de un largo día de ajetreo.

–Hace una noche muy agradable.

–Sí –dijo él bruscamente–. Así es.

Ella suspiró y se apoyó mejor en el hombro de él.

–Pensé que sería una buena idea cenar fuera en el balcón. Espero que no te importe…

–No –dijo él, intentando ahuyentar los recuerdos de pasión de la noche anterior–. ¿Por qué iba a importarme?

–Bien. Eso es bueno –dijo ella.

Dev sintió su sonrisa sobre la piel.

–¿Qué tal el trabajo? –le preguntó ella.

–¿Qué tal el trabajo? –repitió él, sorprendido.

–Sí –dijo ella, frotando sus piernas cruzadas la una contra la otra en un movimiento muy sensual.

Dev ya no pudo contenerse ni un segundo más.

–¿Qué estás haciendo, Val? –le preguntó en un tono hosco y se terminó la copa de vino de un trago.

Ella se incorporó de inmediato y lo miró de frente.

–¿Qué quieres decir?

Él agitó un brazo, señalando todo a su alrededor.

–El vino, la cena íntima, las preguntas sobre mi trabajo, ese vestido… ¿Qué está pasando?

Ella parpadeó varias veces con inocencia.

–No sé qué quieres decir.

En ese momento, Dev se dio cuenta de que la había infravalorado mucho. Era buena, muy buena… Sabía cómo jugar.

–Sí que lo sabes.

Ella suspiró, agarró la botella de vino y llenó ambas copas hasta el borde.

–Dev, esta mañana me fui de compras y quise hacer la cena. Me compré un vestido nuevo y pensé que te gustaría vérmelo puesto, así que me lo puse. Hace un tiempo espléndido, de modo que preparé la mesa en el balcón, igual que tú hiciste la otra noche… Además, eres mi marido, y por eso te he preguntado cómo te fue el día. Si no quieres hablar de ello, muy bien, pero no pienses que esto es una conspiración ideada para atraparte en un plan malévolo.

–Yo no quería decir eso –dijo él, mintiendo.

–Bien –ella volvió a sonreír y le dio un golpecito en la pierna con la punta del zapato–. ¿Entonces por qué no me cuentas cómo te fue el día?

Desconfiado y a la defensiva, Dev se aflojó la corbata, se la quitó bruscamente y la arrojó sobre el sofá.

Se incorporó, le dio su copa de vino y se quitó la chaqueta del traje para después tirarla también encima del sofá.

–¿Qué quieres saber?

–Todo –dijo ella, poniendo su mano sobre la de él–. ¿Qué has hecho hoy?

Malhumorado, Dev se rindió ante lo inevitable. Apartando la vista de ella, se recostó en el sofá y comenzó a hablar.

–Tuve que ir a un emplazamiento de rodaje y pelearme con el director.

–Mm. ¿Harrow?

Él le lanzó una mirada extrañada.

–¿Cómo lo sabes?

Ella se echó a reír.

–No soy idiota, Dev. Cuando estábamos separados, siempre me mantuve bien informada. Sé que Harrow está trabajando en *The Christmas Wish*. Y también sé que siempre se pasa del presupuesto. No es de extrañar que hayas tenido que ir a verle y hacerle entrar por el aro.

–Oh –Dev frunció el ceño y bebió un poco más de vino. El frío líquido se deslizaba por su garganta como un torrente de lava.

–¿Cómo fue entonces?

Antes de que pudiera pensárselo dos veces, Dev terminó contándole todos los pormenores de su reunión con el famoso y premiado director.

Ella se reía al oírle describir al pintoresco personaje y disfrutaba viéndole criticar el carácter temperamental del viejo cascarrabias.

Tanto así, que Devlin siguió adelante con su relato, animado por su interés.

Estaba disfrutando mucho con aquella conversación ligera y distendida. Valerie era una mujer razonable y objetiva; alguien que sabía escuchar y comprender lo difícil que era hacer funcionar el engranaje de la industria del cine. Sin embargo, no podía dejarse envolver en su acaramelada telaraña de mujer.

No estaba dispuesto a enamorarse como un tonto; no iba a cometer el mismo error que su padre.

Las mujeres nunca eran de fiar. Sólo tenía que

fijarse en la traición de su propia madre, Sabrina, que había engañado a su padre, Markus, con su tío David, sin ningún tipo de escrúpulo.

Pero él era mucho más listo. Su corazón estaba bien escondido y protegido tras una coraza de hierro que ni Valerie ni ninguna otra mujer sería capaz de agrietar.

–Papá me ha dicho que vas a poner en marcha una campaña de anuncios para celebrar las nominaciones a los Oscar de *Honor*.

–Sí –dijo él, en tensión.

–He estado pensando en ello y se me ha ocurrido una idea que a lo mejor no has contemplado.

–¿Qué? –le preguntó Dev, molesto e intransigente.

Ella sonrió y se inclinó hacia él.

–Estaba pensando que todas las productoras de la ciudad están promocionando sus películas hasta la saciedad, pero *Honor* es diferente. Es una historia real.

–Sí, y todo el mundo lo sabe.

–Claro que conocen la historia superficialmente, pero quizá deberíamos recordarles que esta película trata de tu familia, los Hudson.

–¿Y qué tienes en mente? –le preguntó Dev, intrigado.

Ella dejó la copa de vino en la mesa y lo miró a los ojos.

–Cuando hagas los anuncios, ten en cuenta

este aspecto. Recuérdales a la audiencia y a los miembros votantes de la Academia que esta historia es la de los Hudson. Recuérdales que es una historia real sobre tus abuelos. Usa fotos de ellos además de las imágenes de la película; el soldado americano durante la Segunda Guerra Mundial que se enamora de la hermosa cantante francesa...

Dev empezó a ver todo un abanico de posibilidades en su sugerencia.

–La historia de amor es muy poderosa –dijo Valerie en un susurro–. Charles y Lillian trabajaron juntos en Francia durante la ocupación nazi. Lo hirieron y ella lo devolvió a la vida... Enséñales lo dura que fue la separación cuando él tuvo que dejarla para volver a la guerra y también la alegría cuando volvieron a reencontrarse.

Dev vio cómo le brillaban los ojos mientras hablaba y, de repente, entendió lo que su abuelo había sentido, cómo había perdido la cabeza por una mujer.

Valerie era una caja de sorpresas; ella era mucho más de lo que él se había molestado en conocer. Su voz, su sonrisa, su aroma... Ella era una avalancha sensorial que lo dejaba indefenso y sediento.

–La historia de amor es lo más importante, Dev –le decía ella–. No es una mera fantasía. Es real. Es el triunfo del amor durante un tiempo de guerra. Es el final feliz que busca la gente. Recuérdales lo especial que fue esa historia de amor.

Cuando ella dejó de hablar, Dev seguía bajo el hechizo de sus palabras, incapaz de reaccionar.

Después de unos segundos incómodos, Dev logró retomar las riendas de su compostura. Le dio un buen trago a la copa de vino y se atrevió a mirarla una vez más.

–Es una buena idea –admitió.

Honor no era sólo una película, era algo más. *Honor* era la magia de Hollywood, pero también era la vida misma.

En sus momentos más difíciles.

En sus momentos más felices...

Ella sonrió, claramente complacida ante su reacción positiva. Se acercó un poco más a él y le puso un brazo alrededor de la cintura.

–¿Quieres cenar? –le preguntó ella, levantando la cabeza y besándole bajo la mandíbula.

Dev sintió que su cuerpo reaccionaba al instante. Una ola de calor lo abrasaba por dentro y la comida era lo último en lo que podía pensar en ese momento.

–Ahora mismo no tengo mucho apetito –le dijo, abrazándola suavemente y palpando con deleite la textura de su vestido.

–Bien –dijo ella, sonriendo–. Yo tampoco.

Mirándola fijamente, Dev vio cómo se encendía la llama de la pasión en sus ojos de color violeta y entonces deslizó una mano por debajo de su vestido.

Ella suspiró y se ladeó un poco, facilitándole el acceso.

Él llegó hasta la curva de su trasero y entonces se detuvo bruscamente.

Los latidos de su propio corazón retumbaban dentro de sus oídos, dejándole sin aliento.

—¿No llevas ropa interior?

Ella se encogió de hombros.

—No quería que se vieran las marcas.

—Creo que deberías hacerlo más a menudo —le dijo Dev y tomó sus labios con un beso arrebatador.

Ella le había tendido una trampa de la que no podía ni quería escapar...

Capítulo Siete

Una semana después, Dev seguía sin saber cómo había perdido el control de la situación con Valerie.

Por suerte, durante el día conseguía refugiarse detrás de un muro de poder, pero, por las noches, las reglas del juego cambiaban. En la casa, en la cama… Valerie era una sirena cuyo canto lo atraía sin remedio. Aquella mujer tímida y anodina se había convertido en alguien exuberante y misterioso que lo estaba volviendo loco.

Tenía que haber una razón para semejante transformación. Ella debía de traerse algo entre manos y él tenía que averiguar de qué se trataba.

Por lo menos, en el trabajo tenía la satisfacción de saber que todo estaba bajo control. En las oficinas de Hudson Pictures siempre sabía lo que se esperaba de él y también lo que tenía que exigirles a aquéllos que lo rodeaban.

Pero en casa…Todo había dado un giro radical debido a su presencia, a Valerie… En los últimos días se había encontrado con nuevos muebles, que incluían varios butacones, una cama y una cocina. Ella preparaba la cena todas las noches y él había terminado por ayudarla, troceando cebollas, empanando filetes…

Y lo pasaba tan bien.

Estaba a su lado, la oía reír… Y sus ojos brillaban con un resplandor que jamás había visto en ella.

Sacudiendo la cabeza, dio media vuelta. Sobre la mesa del escritorio lo esperaban montones de papeles y correos, pero estaba demasiado nervioso como para ocuparse de ellos. Fue hacia el ventanal y contempló el bullicio que reinaba en los estudios de Hudson Pictures.

Muy poca gente sabía apreciar su trabajo.

Los figurantes caminaban por el set de rodaje con toda clase de atuendos y disfraces; los que trabajaban en *The Christmas Wish*, alienígenas que tomaban cafés con pajitas para no estropear las toneladas de maquillaje que llevaban encima…

Era un mundo extraño, un mundo maravilloso… Un mundo que él conocía muy bien.

—¿Qué voy a hacer? —se dijo a sí mismo, pensando en lo mucho que había cambiado su vida desde la llegada de Valerie.

En los últimos días, había hecho todo lo posible para irse pronto a casa, en lugar de buscar una excusa para quedarse hasta tarde, como solía hacer en el pasado. Y cada vez que entraba en el apartamento que compartía con Valerie, encontraba algo nuevo esperándole.

Alfombras coloridas, jarrones de flores, música y, como siempre, su aroma.

Todo en la casa olía a ella, como ella.

Pero las cosas tenían que volver a ser como antes. Tenía que retomar las riendas de su vida para que todo volviera a la normalidad. Ya era hora de recordarle quién era él, de tomar la iniciativa. Ya era hora de llevar la voz cantante y de darle unas cuantas sorpresas.

No podía dejarse llevar por sus instintos, por mucho que disfrutara con ello.

—¿Jefe?

Dev miró por encima del hombro al tiempo que se abría la puerta de su despacho.

—¿Qué ocurre, Megan?

—Su esposa está aquí.

—¿Qué?

Megan levantó una ceja.

—Ya sabe. Su esposa, Valerie.

—¿Qué demonios está haciendo aquí? —rodeó el escritorio y se dirigió a la puerta.

Ella jamás había estado allí. Nunca había ido a visitarle al estudio.

—Gracias —dijo Val, entrando en la habitación y mirando a Megan con una sonrisa—. No le entretendré mucho. Lo prometo.

—Oh, puedes entretenerlo todo lo que quieras, cariño —dijo Megan antes de abandonar el despacho.

Cuando salió, Valerie cerró la puerta por dentro y entonces se echó a reír.

–Bueno, tu asistente es tal y como me imaginaba.

Dev reparó en la comisura de sus labios, tensa con una media sonrisa.

No hubiera querido alegrarse de verla, pero no podía evitarlo.

–¿Qué estás haciendo aquí, Val? –le preguntó en un tono poco amistoso.

Ella parpadeó, perpleja, mientras Dev se preguntaba qué esperaba.

¿Que la recibiera con los brazos abiertos? ¿Tener un apasionado encuentro amoroso en su despacho en mitad de la mañana?

Ese último pensamiento se apoderó de él con toda la fuerza de su potencia masculina.

Sólo podía pensar en el sexo con ella y no era capaz de quitarle los ojos de encima.

Llevaba puesto un traje de color gris. La falda le llegaba justo por encima de las rodillas, pero tenía una abertura que mostraba una generosa porción de su pierna derecha. La chaqueta era también muy ceñida y por debajo llevaba una blusa blanca con cuello en V, más unos taconazos de vértigo a juego con el bolso negro.

Tenía el cabello alborotado, sus ojos violetas brillaban y sus labios parecían listos para ser besados.

–Bueno –dijo ella–. No seas tan cascarrabias.

–No soy cascarrabias. Estoy muy ocupado... ¿Qué pasa, Val? –le preguntó en un tono frío.

Ella ladeó la cabeza.

–¿Hay algún problema?

–Ninguno –dijo él.

Volvió junto al escritorio y se sentó de nuevo, como si quisiera escudarse detrás de la mesa.

–Estoy ocupado, como te he dicho. Eso es todo. ¿Necesitas algo?

Ella puso una expresión de confusión y tristeza, pero Dev permaneció impasible.

Él no la había invitado a los estudios y ya era hora de que se diera cuenta de que no todas sus sorpresas eran bienvenidas.

–Nada importante –dijo ella.

–En ese caso... –señaló los montones de papeles que tenía delante.

–Pero sí que quería enseñarte esto –abrió el bolso y fue hacia él.

–¿Qué? –preguntó él, intentando ignorar la suave cadencia de sus piernas al moverse.

Se echó hacia atrás, cruzó los brazos y la miró a la cara.

–Mira. Compruébalo tú mismo –dijo ella, dándole una hoja de papel.

Dev la examinó un momento y entonces volvió a mirarla.

–¿Nada importante? ¿Tu padre nos va a reservar las páginas centrales de todos sus periódicos durante tres semanas para los anuncios de *Honor*?

Ella sonrió, satisfecha consigo misma.

–Eso es. Papá está encantado de hacerlo.

Dev examinó la nota del padre de Valerie una vez más.

Ésa había sido la razón más importante por la que se había casado con ella. La dinastía Shelton era dueña de un poderoso holding mediático cuyos tentáculos se extendían por todo el país. Así, si colocaban material promocional en las publicaciones Shelton, entonces tenían garantizada la mejor publicidad.

Aquélla era, por tanto, una oportunidad de oro, un regalo del cielo, o mejor dicho, de su mujer.

«¿Qué es lo que pretende?», se preguntó Dev para sí.

–¿De quién fue la idea? ¿De repente tu padre se ha vuelto así de generoso?

Valerie puso el bolso sobre el escritorio, se encogió de hombros y entonces caminó por el despacho, contemplando los pósters que decoraban las paredes, las placas y los certificados expuestos en urnas de cristal…Las revistas que estaban amontonadas en un extremo de una mesa.

Se inclinó y las organizó un poco, mostrándole una vista mejor de su trasero firme.

Dev creyó que iba a perder el juicio.

¿Acaso trataba de hacerlo caer en la tentación?

–Fue idea mía –dijo ella, mirándole por encima del hombro–. Le dije a papá que sería bueno tanto para él como para Hudson Pictures dar una imagen de unidad. Ya sabes, una gran familia feliz.

Dev se dio cuenta de que ésa había sido la misma razón que él le había dado para que volviera a la casa. ¿Coincidencia?

«¿Y qué más da?», se dijo.

Lo importante era que acababa de conseguir publicidad gratis sin el menor esfuerzo.

—Ha sido muy buena idea –le dijo con reticencia.

Ella se incorporó, caminó lentamente hasta el escritorio, puso ambas manos sobre la mesa y se inclinó hacia él.

—Gracias –le dijo, esbozando una sonrisa preciosa–. ¿Qué te parece si me invitas a comer para darme las gracias como es debido?

Dev reparó en la piel cremosa de su escote.

¿Y si hacían el amor allí mismo, en ese momento?

Por mucho que quisiera sofocar las sensaciones que ella despertaba, su cuerpo estaba duro y caliente.

Ella se humedeció los labios y entonces Dev tuvo que reprimir un gruñido.

Una vez más lo estaba envolviendo en su telaraña y él no podía hacer nada.

—No es posible –le dijo, antes de que pudiera cambiar de idea–. Tengo una reunión dentro de una hora, y tengo mucho papeleo que hacer antes de irme.

—Oh –ella parecía tan decepcionada…

—Vamos. Te acompañaré al coche –se puso en pie. Rodeó el escritorio y la tomó de la mano.

—¿Por qué no me enseñas los estudios un momento antes de irme? –le sugirió, agarrándole la mano con fuerza y mirándolo fijamente–. Nunca he estado aquí antes y me gustaría saber más sobre tu trabajo.

Dev guardó silencio un instante. La deseaba tanto que apenas podía pensar.

De pronto ella le acarició la palma de la mano con las yemas de los dedos; un mero roce que lanzó descargas eléctricas por todo su cuerpo.

–¿Val, qué estás haciendo? ¿Por qué has venido en realidad? –le preguntó, apretándole la mano hasta aplastársela–. Podrías haberme dado esa nota de tu padre en casa. ¿Por qué te has molestado en venir?

–Sólo quería verte –le dijo ella en un susurro–. ¿Resulta tan difícil de creer? –se acercó un poco más. Le puso una mano sobre el corazón y enseguida sintió su atolondrado palpitar–. Quería saber si me echabas de menos tanto como yo a ti durante el día.

Él soltó un quejido, dejó caer la cabeza hacia atrás y entonces volvió a mirarla.

–Éste no es el momento –le dijo, como si le costara un tremendo esfuerzo pronunciar cada palabra–. Ni el lugar.

–¿Y por qué no? –sonrió ella–. La puerta está cerrada. Estamos aquí. Solos. Y yo te deseo, Dev. Te deseo tanto…

Devlin ya no pudo aguantar más. La agarró con brusquedad y le dio un beso violento y frenético. Sus lenguas chocaron, sedientas de pasión, y entonces él supo que la batalla estaba perdida. Tenía que hacerla suya en ese momento.

Le traía sin cuidado que medio estudio estuviera esperándole al otro lado de la puerta. Todo lo que realmente le importaba estaba dentro de esa habitación.

Val deslizó las manos alrededor de su cuello, aferrándose a él, y entonces Devlin empezó a mordisquearla detrás de la oreja.

¿Cómo era posible que él despertara tantas sensaciones en su interior? ¿Cómo había podido perderse esa pasión vibrante la primera vez que había estado con él?

Había vuelto a su lado con la idea de seducirle y atarle con las cuerdas de seda de la atracción sexual, pero jamás había imaginado que llegaría a sentir lo que sentía en ese momento. Cada vez que él la tocaba, sentía algo nuevo; algo vital, intenso y profundo.

Trató en vano de recuperar la respiración. Su propio cuerpo estaba tan caliente y húmedo que ya no podía esperar más.

De pronto, él la agarró de la cintura y le dio la vuelta, poniéndola de cara al escritorio.

–Dev.

–Inclínate adelante –le dijo–. Y agárrate de la mesa.

Ella hizo lo que le pedía y entonces miró por los grandes ventanales del despacho.

El mundo entero podía estarlos observando.

–Dev, rápido, cierra las ventanas.

–No hace falta –le dijo él con la voz ronca de deseo–. Las ventanas son de cristal opaco. Nadie puede ver hacia dentro.

Al oír sus palabras, Valerie sintió cómo se arremolinaba la lujuria en su interior. Él le estaba levantando la falda con ambas manos.

Fuera del despacho, el mundo seguía girando como si nada, pero nadie sabía lo que estaba pasando en ese rincón de los estudios Hudson, y eso era precisamente lo que lo hacía tan excitante.

Lentamente, Dev le subió la falda centímetro a centímetro y entonces se desabrochó los pantalones.

Valerie sabía que en ese momento él podía ver la fina tira del tanga rojo que se había puesto.

–Preciosa –susurró él, inclinándose sobre ella y mordiéndola en la espalda.

Ella jadeó suavemente, meneándose, frotándose contra él.

–Pero… –añadió él al tiempo que le quitaba el tanga de un tirón–. Esto va fuera.

–Dev…

–Sh… –susurró él, agarrándole el trasero y masajeándole la suave piel de las nalgas–. Ábrete la blusa –le dijo él en un tono enérgico.

Valerie hizo lo que le pedía sin rechistar. El roce del encaje del sujetador le irritaba la piel, pero Devlin no tardó en aliviarla, abarcando sus pechos en las palmas de las manos.

Ella gemía de placer mientras él jugueteaba con sus pezones a través del suave tejido del sujetador.

–Devlin –susurró ella y entonces oyó que se le quebraba la voz.

Él le apartó el pelo del cuello y empezó a morderle la piel al tiempo que masajeaba el centro de su feminidad con la otra mano.

Al sentir el contacto de sus dedos calientes, Valerie sintió que algo estallaba en su interior y entonces abrió aún más las piernas para facilitarle el acceso.

Pero él no tenía ninguna prisa. Una y otra vez masajeaba los pétalos del centro de su feminidad, jugueteando con el punto más sensible y haciéndola vibrar de los pies a la cabeza.

–Ahora, Devlin. Por favor, ahora.

–Sí –dijo él en un gemido–. Ahora.

Empujó su miembro viril con toda su potencia masculina y entró en su sexo desnudo con una poderosa embestida.

Valerie se quedó sin aliento y entonces empezó a empujar en sentido contrario para hacerle llegar aún más adentro.

Los papeles cuidadosamente ordenados se cayeron al suelo, pero ninguno de los dos reparó en ellos.

Él sacudía las caderas contra ella y le acariciaba la espalda arriba y abajo, haciéndole el amor con frenesí y acorralándola cada vez más cerca del precipicio que los aguardaba en el horizonte del éxtasis.

A Valerie se le nubló la vista y la escena viviente que estaba al otro lado de la ventana se derritió en un charco de colores y movimientos. Todo lo que sentía, todo lo que importaba estaba dentro de Devlin y de ella misma.

El cuerpo de él empujaba contra ella y su aliento caliente le abrasaba la nuca mientras le susurraba mensajes eróticos.

Y así, unos momentos después, ella se dio cuenta de que estaba a punto de romperse en mil pedazos extáticos. Se mordió el labio inferior con fuerza para no gritar su nombre y se dejó llevar por las ondas de placer que estremecían su cuerpo.

Al sentirla vibrar con lo que le hacía, Dev soltó las riendas y cayó al abismo del placer, gimiendo con todas sus fuerzas.

Mientras gritaba su nombre, la agarró de la cintura y la sujetó con fuerza contra su cuerpo sudoroso, como si quisiera impedir que se cayera de unas alturas vertiginosas.

–¿Te encuentras bien? –le preguntó.

–Estoy mucho mejor que bien –dijo ella y entonces sintió cómo él se apartaba y le arreglaba la falda desde atrás.

Lentamente, ella se incorporó e inclinó una cadera contra la mesa para no perder el equilibrio.

Él se cerró los pantalones con manos temblorosas y torpes y ella hizo lo mismo con la blusa.

—Esto ha sido mucho mejor que comer juntos —le dijo ella, sonriendo.

—Sí —dijo él, frunciendo el ceño con gesto serio—. Sí, lo ha sido.

—Pero por la cara que tienes, yo diría lo contrario —comentó ella, ladeando la cabeza y observándolo con atención.

Ella sabía que él había sentido lo mismo que ella, pero no entendía por qué se empeñaba en ocultarlo.

—Lo siento —dijo él, recogiendo los papeles que se habían caído al suelo.

También recogió el tanga de Valerie y se lo metió en el bolsillo. Y entonces la agarró de la nuca y le dio un beso apresurado que distaba mucho de la pasión experimentada un momento antes.

—Ha sido genial. Pero tengo esta reunión dentro de un rato y…

—Muy bien —dijo ella, respirando hondo.

Siempre había sabido que no iba a ser tarea fácil conquistar a su marido, hacer que se enamorara de ella, así que no podía dejarle ver su decepción.

—A lo mejor puedes volver la semana que viene. Te llevaré a conocer los estudios y podemos comer juntos.

Valerie esbozó una sonrisa insincera.

—Me gustaría. Y a lo mejor podríamos hacer

esto otra vez –dijo, acariciando el borde de la mesa con la punta del dedo.

Los ojos de Dev emitieron una llamarada de pasión y entonces ella se sintió mejor.

Él podía fingir que lo que habían compartido no era más que un mero orgasmo, pero había algo más y ella lo sabía. Sólo tenía que convencerlo de ello.

Dev se aclaró la garganta, agarró la chaqueta y se la puso.

–Vamos –le dijo, rodeando el escritorio y tomándola de la mano–. Esta vez te acompañaré al coche.

Abrió la puerta y salió.

–Volveré dentro de unos minutos, Megan.

La secretaria miró a Valerie con disimulo y le guiñó un ojo, y ésta le respondió con una sonrisa.

Parecía que tenía algún que otro aliado.

Pero también tenía algún que otro enemigo.

–Vamos, Valerie. Un comentario para nuestros lectores.

Se había parado en una tienda de comida vegetariana para comprar algunas cosas y ya empezaba a arrepentirse.

Después de una tarde de pasión con su esposo, lo último que deseaba era tener que enfrentarse a un reportero.

Sobre todo a ése.

Carrie Soker, tan alta, delgada e insoportable

como siempre, estaba sentaba en el capó del coche de Valerie, dispuesta a asaltarla en cuanto saliera de la tienda.

–Carrie –dijo Valerie en un tono cansado y paciente–. ¿Nunca te cansas de cazar a los Hudson?

La mujer tuvo la desfachatez de esbozar una sonrisa. Llevaba un carmín rojo oscuro y una sombra verde sobre sus ojos marrones, vaqueros, camiseta negra de manga larga y zapatillas deportivas. Así podía perseguir a su presa si se escapaba.

–¿Y por qué iba a cansarme de ello? Sois tantos que siempre hay variedad.

–Muy bien –dijo Valerie, metiendo los comestibles en el maletero del pequeño coche utilitario–. Entonces vete a buscar esa variedad. Vete a molestar a otra persona. Luc. Max.

–Por favor, Luc está en Montana y Max está en el estudio –dijo Carrie frunciendo el entrecejo–. No puedo atravesar la barrera de seguridad. Todavía.

Valerie cerró la puerta del maletero con un golpe seco y fue hacia el asiento del conductor, fulminándola con la mirada.

–¿Qué quieres?

–Sólo trato de ganarme la vida, ¿sabes? –le dijo, poniéndose una mano sobre el pecho.

Un auténtico lobo disfrazado de cordero…

–Los Hudson siempre son noticia. Ya sabes. Y ahora que Devlin y tú habéis hecho las paces, sois más noticia todavía.

—Nuestro matrimonio es asunto nuestro —dijo Valerie.

—Ahí es donde te equivocas —Carrie se quitó del capó y se paró delante de la puerta del conductor.

Valerie tenía la puerta abierta y se disponía a entrar en el vehículo.

—Sois noticia. Todos vosotros. Qué diablos. Tu propio padre es el dueño de los periódicos más importantes. Ya sabéis cómo funciona esto.

—Sí —señaló Valerie—. Pero los periódicos de mi padre no hablan de alienígenas que conducen autobuses escolares.

Carrie sonrió y levantó las cejas.

—Ése no era mío, pero era muy bueno. ¿Y ahora por qué no me haces una buena declaración que pueda poner mañana en titulares?

—Muy bien. Aquí va uno.

—Excelente —Carrie apretó el botón de la grabadora y esperó.

—Valerie Hudson no quiso hacer comentarios cuando fue asaltada por una reportera acosadora.

Carrie frunció el ceño y apagó la grabadora.

—Muy gracioso. Pero sabes que no me voy a ir, ¿verdad?

—Claro, como los impuestos —murmuró Valerie, subiendo al coche y tratando de cerrar la puerta.

Carrie se lo impedía, agarrando la puerta.

—Sólo contesta a una pregunta. ¿Devlin y tú habéis vuelto sólo para los Oscar? ¿Para que todo parezca de color de rosa antes de la ceremonia?

Valerie se sonrojó. Devlin le había dicho unas palabras muy parecidas la noche en que había ido a buscarla.

Pero ésa no era la única razón por la que se ruborizaba. Sabía que en ese momento él sentía mucho más por ella de lo que jamás había sentido, aunque se negara a admitirlo.

–Oooh –murmuró Carrie con una sonrisa–. Parece que he puesto el dedo en la llaga.

Valerie sacudió la cabeza y la miró fijamente.

–Has puesto el dedo en lo que me quedaba de paciencia. Vete a molestar a otra persona, ¿quieres?

Agarró con fuerza la puerta y la cerró con violencia, obligándola a soltarla.

Arrancó el motor a toda prisa, puso la marcha atrás y salió pitando del aparcamiento sin mirar atrás.

No obstante, de haberlo hecho, habría visto la cínica sonrisa de Carrie Soker.

Capítulo Ocho

–¡La próxima vez que hables con esa maldita mujer, dímelo! ¡No me gustan las sorpresas! –le dijo Devlin a Valerie a la mañana siguiente, furioso.

–Sólo le dije que se fuera.

–No deberías haber hablado con ella –Devlin agitaba el periódico que tenía agarrado en un puño, como si quisiera hacerlo desaparecer a fuerza de arrugarlo.

–No pude esquivarla –dijo Valerie, defendiéndose–. Estaba sentada en el capó del coche.

–La próxima vez la atropellas. Así todo será mucho más fácil –Devlin miró el titular de la revista del corazón que había encontrado al salir a comprar café y bollos.

¿Otro matrimonio Hudson con problemas?

Le hervía la sangre al ver la imagen montada por ordenador en la que se veía a Valerie y a él mirando hacia otra parte.

Debajo del titular sensacionalista, había un comentario escrito en letra más pequeña.

Devlin y Valerie, juntos para los Oscar. El amor verdadero no encuentra lugar entre los Hudson.

–Se lo está inventando todo –le dijo Valerie por enésima vez.

–Claro que se lo está inventando –dijo Devlin, tirando la revista en la mesa más cercana–. Pero eso no es lo importante. Hablando con ella le has dado credibilidad.

–¿Entonces es culpa mía? –Valerie se puso en pie y fue a recoger el periódico que él había tirado–. ¿Una loca me sigue, le digo que se vaya y yo tengo la culpa de que escriba un artículo basura? –le gritó, enfadada.

–Tienes razón. Sé que tienes razón. Es que… Estoy tan molesto que no puedo ver las cosas con claridad.

–Muy bien. Enfádate todo lo que quieras. Pero con ella.

Frustrado y furioso, Devlin se pasó una mano por el cabello y caminó hasta la chimenea. Puso ambas manos sobre la repisa y se miró en el espejo. Ella lo observaba desde atrás con atención.

Era domingo por la mañana.

Él tenía pensado pasar el día explorando y descubriendo la maravillosa geografía del cuerpo de su esposa y si no hubiera salido a comprar bollos y café, nada habría salido mal.

–No se trata sólo de nosotros, ¿verdad? –dijo ella con una expresión pensativa.

Él sacudió la cabeza y la miró a través del espejo.

–No, léelo. Verás que se toma su tiempo para

desprestigiar a mis padres. Y vuelve a sacar el escándalo de Bella.

Valerie volvió a leer el reportaje y cuando por fin levantó la vista del papel, Dev se volvió hacia ella.

—Lo siento, Dev, pero, sinceramente, yo no le dije nada.

Él soltó el aliento, molesto consigo mismo.

—Lo sé. Es que a Bella le llevó mucho tiempo superarlo. Ahora tiene a Sam y son muy felices. Y lo de mis padres es… asunto de ellos y de nadie más. Odio ver cómo lo remueven todo de nuevo.

Ella dobló la revista y la tiró al suelo antes de ir hacia él.

Su vaporoso vestido azul estaba ceñido en la cintura con un cinturón que realzaba las generosas curvas de su cuerpo de mujer.

Cuando estaba a unos centímetros de distancia de él, levantó una mano y le sujetó la mejilla.

—Si sirve de algo… —le dijo, sonriendo con tristeza—. El artículo de Carrie aparece justo debajo del de una mujer de Colorado que se comunica con el planeta Saturno.

Dev se echó a reír.

—Nadie le va a prestar atención, Dev. A nadie le importa.

—Eso espero.

—Y sabemos que los Oscar no fueron la única razón por la que viniste a mí, ¿no? —lo miró a los ojos y esperó su respuesta.

Dev vaciló un momento, pero su mirada no tardó mucho en recuperar la imperturbable frialdad de siempre.

No podía dejar que llegara a su corazón, porque si lo hacía, entonces le estaría dando la munición que ella necesitaba para hacerle añicos por dentro.

No podía enamorarse de ella.

Sin embargo, tampoco podía hacérselo saber.

Sonrió y la envolvió en un abrazo.

–Sí, cariño –le susurró al oído–. Nosotros sabemos la verdad.

–¿Y cuál es la verdad?

–Buena pregunta –dijo Devlin y giró la silla hacia el ventanal mientras hablaba con su hermanó Luc por teléfono.

Le había contado todo lo referente al artículo de Carrie.

–Val dice que no le dijo nada y seguro que no lo hizo. Pero el caso es que sí que la vio, pero no me lo dijo hasta que vi el artículo en la maldita revista. ¿Por qué me lo ocultó? ¿Por qué guardar el secreto?

–A lo mejor pensó que no era lo bastante importante como para decírtelo –le sugirió Luc–. Después de todo, los Hudson han sido perseguidos por los *paparazzi* durante años. Yo mismo tuve que ahuyentar a Leslie Shay del rancho la semana pasada. Pero la vieja Leslie no se da por vencida e incluso ha llegado a molestar a Gwen.

—Siempre me pregunta qué tal me ha ido el día —dijo Dev, como si no estuviera escuchando a su hermano—. Así que ¿por qué demonios no me dijo cómo le había ido el suyo?

—¿Quieres meterte en líos por esto, Dev?

—Yo no busco líos. He abierto los ojos y me he encontrado con esto.

—Maldita sea, Dev —le dijo su hermano pequeño en un tono enérgico—. ¿Es que no has aprendido nada?

Dev apoyó las piernas sobre el alféizar de la ventana y cruzó los tobillos.

—¿Qué quieres decir?

—Valerie no es el enemigo. No está conspirando para hundirte. Es tu esposa.

—Ya sé que es mi esposa.

—Sí, pero tú no te comportas como su esposo.

—¿Perdona? —Dev frunció el ceño, irritándose por momentos—. Estás en Montana, por el amor de Dios. ¿Cómo sabes cómo me comporto?

—Porque te conozco —dijo Luc riendo—. Siempre huyes cuando una persona intenta acercarse a ti.

—Mira quién habla. Gwen y tú lo pasasteis bastante mal al principio.

—Eso es distinto —dijo Luc.

—Sí, porque se trata de ti. Bueno, ahora se trata de mí, y yo sé cómo resolver mis propios asuntos.

–Claro –dijo Luc–. Pero no lo has podido hacer peor hasta ahora.

–¿Me has llamado para darme un sermón o algo así? –dijo Devlin, observando cómo una mujer y un supuesto alienígena caminaban de la mano hacia la cafetería de los estudios.

–No. El sermón es un extra –dijo Luc, riéndose–. Te he llamado para decirte que Gwen y yo asistiremos a la gala de los Oscar.

–Eso es genial, Luc –dijo Dev, alegrándose de verdad.

Toda la familia, juntos de nuevo…

Eso era justo lo que necesitaban, demostrarle a todo Hollywood y a todo el mundo que los Hudson eran un clan unido y bien avenido.

No obstante, sus padres seguían separados y eso sí que no parecía tener remedio. La traición de su madre, que le había causado un profundo dolor a su padre, no tenía perdón.

Además, no podía fiarse de Valerie, por muy loco que le volviera en la cama.

¿Cómo iba a hacerlo?

Ella ya le había dejado en otra ocasión. No podía permitirse el lujo de llegar a quererla.

–Papá se pondrá muy contento –dijo Dev.

–¿Y mamá? –preguntó Luc con suavidad.

–No me hables de ese tema.

–Es nuestra madre. Maldita sea, Dev.

–Ya lo sé. ¿Crees que es fácil para mí?

–Creo que lo haces todo más complicado de

lo que en realidad es. Ya hace mucho tiempo de lo de mamá.

–Sí, pero ahora vuelve a salir a la luz, ¿no? –Dev sintió una punzada de dolor en el pecho.

La rabia ya se había ido, pero Dev no era capaz de olvidar y perdonar.

–Mira lo que le ha pasado a Bella por su culpa.

–Bella ya lo está superando. A lo mejor tú deberías hacer lo mismo.

–Déjalo, Luc.

–Muy bien –dijo su hermano después de un largo silencio–. Siempre has sido el más testarudo de todos nosotros. ¿Por qué no me cuentas cómo va todo por el estudio?

Agradecido por el cambio de tema, Dev ahuyentó los pensamientos desagradables y se concentró en la voz de su hermano al otro lado del hilo telefónico.

–¿Es que ya te has arrepentido de haberte ido al fin del mundo, vaquero?

–Claro que no –dijo Luc–. Sólo quería saber si seguís tan locos como siempre en Hollywood. Así me recordarás lo bien que vivo aquí.

Dev se alegraba mucho por su hermano Luc, y también por Max y por Bella. Todos ellos habían encontrado a la persona idónea para compartir sus vidas.

Él, en cambio, a pesar de ser el mayor, seguía tan amargado como siempre. Pero así tenía que ser. Tenía que velar por la fortaleza de la familia Hudson, y eso implicaba sacrificar sus emociones y, en algunas ocasiones, su humanidad.

–Muy bien. Déjame contarte qué se trae Max entre manos. Siempre ha sido el más divertido de todos nosotros…

Malibú era mucho más que una playa. Era Hollywood West. Años antes, esa cala de arena estaba llena de *bungalows* y casitas de fin de semana y vacaciones.

Pero en esas fechas la mayoría de ellos había desaparecido para ser reemplazados por mansiones pequeñas que se apiñaban junto a la orilla y sufrían las inclemencias del mar todos los años.

Febrero tocaba a su fin y el océano era un plato de color gris brillante que reflejaba las nubes. Sólo unos cuantos surfistas valientes se atrevían a desafiar a las olas. El viento, frío y cortante, soplaba con una fuerza desmesurada, llevando consigo el canto de las gaviotas, únicas habitantes de la playa en invierno.

Sin embargo, a Valerie le encantaba aquel ambiente. Para ella era maravilloso estar en casa de Jack Hudson, rodeada de todos los miembros de la familia, riendo y pasándolo bien. La parte de atrás de la casa era de cristal y por tanto ofrecía una vista inmejorable de la inmensidad del Océano Pacífico.

De pronto reparó en un perrito que corría junto a la orilla, persiguiendo un palo que le tiraba su dueño.

Valerie sonrió y se volvió hacia el grupo congregado en el patio de Jack. Toda la familia Hudson estaba allí. Sólo faltaban Luc y Gwen, que estaban en Montana, y Charlotte y su esposo, que estaban en su casa de Francia. Incluso Sabrina y Markus habían decidido asistir a la barbacoa.

No obstante, Valerie no los había visto hablar.

Theo Hudson, el hijo de Jack y de Cece, de tres años de edad, estaba sentado en el regazo de su abuela Sabrina, y ella jugaba con él haciéndole cosquillas.

Algunos de los adultos estaban reunidos en torno a la humeante barbacoa, y otros estaban sentados en los butacones esparcidos por todo el patio exterior.

Las risotadas sonaban por doquier y Valerie no podía sino sonreír.

Ella había soñado muchas veces con momentos como ése antes de casarse con Dev. Una bulliciosa y concurrida reunión familiar, las risas, los abrazos, el cariño…

Como hija de un viudo adicto al trabajo, jamás había podido disfrutar de esas pequeñas cosas.

Se quitó el pelo de los ojos y buscó a Dev entre los presentes. Él llevaba unos vaqueros desgastados, una camiseta negra y un jersey verde oscuro; un atuendo de lo más inusual para un alto ejecutivo como él.

Parecía un aventurero más que otra cosa. Pero a ella le gustaba de cualquier forma.

–No mires ahora, que se te cae la baba.

–¿Qué? –Valerie se sobresaltó y se dio la vuelta.

Era su cuñada, Bella.

–Bella, ¿quieres darme un susto de muerte?

–No –dijo Bella con una sonrisa–. Lo siento. Es que te estaba mirando mientras mirabas a Dev.

–¿Se me nota tanto de nuevo?

«Justo lo que necesito ahora», pensó para sí.

Toda la familia había sido testigo de su profundo e incondicional amor por Devlin, que no le había respondido más que con indiferencia.

–Ya sé lo que estás pensando –dijo Bella, recostándose contra la verja roja que rodeaba la propiedad de Jack–. Pero te equivocas. Nadie te menospreciaba por eso, Valerie. Todos estábamos furiosos con Devlin.

–Oh, gracias. Eso ayuda mucho –le dijo Valerie en un tono triste.

–Sólo digo que estábamos de tu parte y ahora también lo estamos.

–¿Y qué pasó con la solidaridad del clan Hudson? –miró a Bella y entonces dirigió la vista hacia donde estaba Devlin, que charlaba animadamente con su hermano Max.

–Oh, todavía la hay. Todos te apoyamos –Bella le puso el brazo sobre los hombros–. Ya te lo dije. Eres lo mejor que le ha pasado a Dev. Y no soy la única que lo piensa.

–Gracias, pero a mí sólo me importa que Devlin lo piense.

–Claro que lo piensa –dijo Bella, dándole un efusivo abrazo–. Pero es un hombre, cariño. Y los hombres aprenden muy lentamente.

–Espero que sólo se trate de eso –dijo Valerie en un tono triste, pensando que en realidad nada había cambiado entre Devlin y ella.

Llevaban más de dos semanas juntos desde su regreso, pero apenas había conseguido arañar la dura pared que la separaba de los sentimientos de él, si es que los tenía.

Por las noches todo era diferente. En esos momentos, mientras hacían el amor, se sentía más cerca de él de lo que jamás se había sentido, pero en cuanto salía el sol, todo volvía a la fría normalidad de siempre y Devlin volvía a ser el hombre distante con el que se había casado.

¿Por qué parecía tan decidido a mantenerla a raya? ¿Por qué no la dejaba entrar en su corazón? ¿Acaso no sabía que no podían seguir así para siempre?

Frunciendo el ceño, Valerie le observó con atención mientras charlaba con Max y entonces sintió que se le encogía el corazón. Por mucho que lo quisiera, no podía conformarse con aquella relación, fría durante el día y caliente por las noches.

Ella lo quería todo de él y no iba a darse por vencida.

–¿Has hablado con mamá? –le preguntó Max a su hermano al tiempo que le daba otra cerveza.

–No –Dev miró a su madre de reojo.

Sabrina estaba sentada con su nieto Theo, jugando y riendo. Sin embargo, por primera vez, Dev advirtió unas finas líneas de cansancio y tristeza que arrugaban el contorno de sus expresivos ojos.

–Todavía no –añadió.

–Me alegro de que haya venido. Sé que significaba mucho para Jack y para Cece tenerles a ella y a papá aquí –dijo Max.

Dev le dio un largo trago a la cerveza.

–Sí, ¿pero le han preguntado a papá qué tal le parecía?

–¿Y por qué tendrían que hacerlo? –Max frunció el ceño–. Es una reunión familiar. Todo el mundo está invitado y lo sabes muy bien. Además, ¿a ti te parece que a papá le importa?

Max señaló a su padre y Dev lo siguió con la mirada.

Markus Hudson observaba a su esposa, Sabrina, con discreción, ajeno al bullicio y a las conversaciones que lo rodeaban.

–No parece contento.

–Y mamá tampoco –dijo Max.

–¿Y de quién es la culpa?

–Maldita sea, Dev –Max sacudió la cabeza y lo

miró fijamente–. ¿Acaso eres tan perfecto que no puedes perdonar a otros por ser humanos? Estás malgastando el tiempo dirigiendo este estudio cinematográfico. Tendrían que hacerte santo.

–Yo nunca he dicho que fuera perfecto –masculló Dev y bebió otro sorbo de cerveza.

–¿Ah, sí? Bueno, pues entonces te comportas como si lo fueras. Parece que nadie puede cometer errores en tu pequeño mundo perfecto.

Dev se puso tenso y fulminó con la mirada a su hermano Max.

Su madre seguía jugando con Theo, sonriente, en su mundo.

Dana le ofrecía un vaso de té helado y ella le daba las gracias con una mirada agradecida.

De repente, Dev se dio cuenta de cuánto la había echado de menos en la mansión. Su madre siempre había sido la alegría de la familia, apasionada y de buen carácter.

Durante su infancia, ella siempre había estado ahí para cuidarlo cuando su padre estaba trabajando en los estudios.

¿Cómo había podido olvidar algo así?

Sacudiendo la cabeza, bebió otro sorbo de cerveza.

–Claro. La gente comete errores, pero tienen que pagar por ellos.

–¿Con qué? –le preguntó su hermano–. ¿Condenándolos al ostracismo para toda la vida? Tú no eres juez de nadie, Dev.

—No seas estúpido.

—Yo no soy el idiota en esta conversación —dijo Max, airado—. No haces más que recriminarle los errores a mamá, pero ¿qué tal si te pones en su lugar para variar?

—¿Y cuál es su lugar, hermanito?

Max frunció el ceño.

—Cometió un error hace treinta años y ahora tiene que soportar la vergüenza y la deshonra, ver cómo la desprestigian en todos los medios y, por si fuera poco, tiene que ver cómo sufre su propia hija por el acoso de la prensa. Su matrimonio ha sido diseccionado y expuesto en todos los medios de comunicación y, para colmo, su primogénito no le dirige la palabra.

Molesto e incómodo, Dev empezó a moverse de un lado a otro.

—Maldita sea, de verdad que eres el tipo más testarudo de todo el planeta —dijo Max—. Bella siempre me lo ha dicho, pero ahora lo entiendo por fin.

—Yo no soy testarudo. Soy...

—¿Inflexible? ¿Implacable? ¿Cruel?

—Coherente —dijo Dev—. O cambias de tema o te vas.

Max respiró hondo y se encogió de hombros.

—Muy bien. ¿Qué te parece esto? Los planes de boda se nos están yendo de las manos.

—¿Qué? —preguntó Dev, sorprendido.

—Es como planificar una invasión.

Dev sonrió. Max parecía más feliz que nunca a pesar de los contratiempos.

–¿Qué? ¿No tienes nada que decir? –le preguntó Max al ver que guardaba silencio.

–Eres un tipo muy afortunado –dijo Dev y le dio una palmada en la espalda.

Se alegraba de verdad por él. Su hermano Max había sufrido mucho con la muerte de su esposa, Karen, y Dana y él se merecían toda la felicidad que habían encontrado juntos.

–Lo sé –dijo Max, sabiendo que la propia confusión de su hermano Dev le impedía pensar con claridad.

De pronto, Dev sintió un pellizco de envidia sana, pero enseguida comprendió que ése no podía ser su destino. Alguien de la familia tenía que pensar con la cabeza y él era esa persona. Conservar la razón y el buen juicio era lo más importante para sacar adelante a la saga cinematográfica más legendaria de Hollywood.

Al mirar a su madre se dio cuenta de que las sombras del dolor todavía velaban sus dulces ojos, por muy feliz que intentara parecer.

Pero no. No tenía por qué sentirse culpable. Ella se merecía lo que tenía.

–Y… –añadió Max, señalando con la botella de cerveza–. Parece que Bella y Valerie se lo están pasando muy bien.

Dev miró a su esposa y frunció el ceño. Qué bien se lo estaba pasando.

–Siempre me ha puesto nervioso que las mujeres se pongan a cuchichear –dijo Max.

–Sí. A mí también.

Mientras miraba a su esposa, ella le sonrió, pero él no le devolvió la sonrisa.

–Me pregunto de qué están hablando –añadió.

–Creo que es mejor que no lo sepamos –dijo Max y se fue a buscar a Dana.

–Probablemente sí –dijo Dev para sí sin quitarle la vista de encima.

Cuando Bella fue a buscar a su prometido, Valerie se aproximó al grupo de los Hudson que estaba situado junto a la mesa. Se abrió camino hasta Sabrina y la saludó con un beso en la mejilla.

Los ojos de su madre se iluminaron y, durante una fracción de segundo, los remordimientos se apoderaron de él.

Valerie conocía a su familia, se preocupaba por ellos… Era parte de ellos…

Rápidamente, Dev desterró esas peligrosas ideas de su mente y bebió un largo sorbo de cerveza. Tenía que recordar el motivo fundamental por el que se había casado con ella: sus contactos mediáticos.

Su belleza y su don de gentes era sólo un extra que la convertía en una anfitriona perfecta.

Justo lo que él necesitaba.

Y nada más.

De pronto alguien reclamó la atención de todos los invitados chocando una cucharilla contra una copa de cristal.

Se hizo el silencio, y todos los miembros del clan Hudson se volvieron hacia Jack Hudson, que sonreía efusivamente y llamaba a su esposa.

Cece fue hacia él y, mientras le abrazaba con cariño, él le dio un sentido beso.

–Me imagino que os estáis preguntando por qué estáis aquí hoy.

–¡Han venido a jugar conmigo! –gritó Theo, riéndose mientras su abuela le hacía cosquillas en el cuello.

Algunos de los presentes se echaron a reír, pero Dev permaneció impasible, expectante.

–Bueno, por supuesto, eso también –le dijo Jack a su hijo–. Pero Cece y yo tenemos algo que deciros –hizo una pausa–. ¡Vamos a tener otro bebé! –gritó, eufórico.

Todos comenzaron a aplaudir y corrieron a darles la enhorabuena.

Abrazos, risas, ovaciones… Todos estaban felices, excepto Devlin.

Estaba demasiado perdido en el laberinto de sus propios pensamientos sombríos como para poder alegrarse por la fortuna ajena. Además, Valerie lo miraba de una forma extraña, como si envidiara la suerte de Cece en ese momento.

De pronto, Dev sintió que el tiempo se detenía y que todo se desvanecía a su alrededor.

Valerie y él estaban atrapados en una burbuja, lejos de todos los demás, atrapados en una mirada intensa.

«¿Un bebé?... Ni siquiera hemos usado protección», pensó, repentinamente aterrado.

Antes de que la euforia remitiera, Max se puso en pie, abrazando a su prometida, Dana.

–Y como ya estamos de celebración... ¡No os olvidéis de nuestra boda!

Otra ronda de aplausos y ovaciones sacudió a todos los miembros del clan Hudson.

Sin embargo, Devlin y Valerie seguían mirándose fijamente, serios e inseguros...

Capítulo Nueve

Tres días después, Valerie y Sabrina estaban tumbadas en las sillas de pedicura. Grandes chorros de agua caliente masajeaban sus pies.

–Esto es maravilloso –susurró Sabrina–. Gracias por sugerírmelo, Valerie.

–Es un placer –afirmó Valerie y cerró los ojos.

Pasar un día en el spa había sido una idea repentina que se le había ocurrido el día de la barbacoa. A pesar de las felices noticias familiares, su suegra parecía tan triste, tan perdida, que Valerie había querido aliviar de alguna forma la incomodidad que sentía, y por ello le había propuesto tomarse un día de ocio en el mejor spa de Beverly Hills.

Hasta ese momento, la idea había sido un éxito rotundo, pero Valerie necesitaba algo más para que todo fuera completamente perfecto. Necesitaba librarse de la preocupación que sentía por Dev.

Él había estado más retraído que nunca desde la reunión familiar, sobre todo después de enterarse de lo del bebé de Jack y Cece, pero Valerie no podía comprender por qué estaba tan empeñado en mantenerla a raya. No entendía por qué se negaba a dejarla entrar en su intimidad. Los demás miembros de la familia no parecían tener ningún problema en demostrarles su afecto a aquéllos a los que amaban, pero Dev era distinto a todos.

A lo mejor, Sabrina podría ayudarla…

Estaban sentadas en silencio, bebiendo Chardonnay frío y escuchando una potente música clásica que competía con el ruido del remolino de agua de la pedicura. Ya se habían hecho la manicura y también los tratamientos faciales y corporales, por lo que la pedicura era el cierre de su día en el spa.

Val suspiró para sí, agradecida de que las empleadas las hubieran dejado a solas para relajarse en privado. Sin embargo, tal y como sucedía siempre que tenía demasiado tiempo para pensar, su mente se llenaba de imágenes de Dev, y entonces sufría porque creía que no podía ganarse el amor de su marido.

–Estás pensando otra vez en él –susurró Sabrina con los ojos cerrados.

Val miró a la mujer que tenía a su lado y deseó tener su aspecto al llegar a los cincuenta.

–¿Cómo sabías…? –le preguntó sonriendo.

–Estabas demasiado callada. Lo que quiere decir que estabas pensando… –dijo Sabrina y se encogió de hombros–. Y como estás casada con mi hijo, un hombre que todos sabemos que es muy… difícil, era fácil descifrar tus pensamientos. Tú lo amas y él te está volviendo loca.

—Ya lo creo —dijo Valerie, conteniendo la risa.

—No hace falta que me lo jures —añadió Sabrina con una sonrisa—. Pero es mi hijo y yo también lo quiero.

—Lo sé —Valerie se incorporó y miró sus uñas relucientes recién pintadas—. Sé que Devlin hace que todo esto sea muy complicado para ti —dijo suavemente.

—No todo es culpa suya —dijo Sabrina con un suspiro—. Yo también soy culpable.

Parecía que iba a llorar, pero inmediatamente parpadeó y se controló.

—Ha pasado mucho tiempo, pero las consecuencias de lo que hice no terminarán nunca.

—¿Puedo preguntarte…? —Valerie se detuvo, lo pensó mejor y cambió de parecer.

Cualquier cosa que hubiera pasado durante todos esos años entre Sabrina y su cuñado no era asunto suyo. No obstante, por otro lado, no podía evitar pensar que ese antiguo romance era la causa del problema con Dev.

Sabrina sonrió tristemente.

—¿Quieres saber por qué lo hice? —dijo suavemente—. ¿Por qué me acosté con David?

Valerie movió la cabeza en señal de asentimiento.

—Lo siento. No debí haber dicho nada.

—No lo sientas —se apresuró a decir Sabrina y

le dio unas palmaditas en la mano–. En realidad, estoy agradecida. Desde que todo este asunto salió a la luz, tú eres la única que me ha hecho esa pregunta. Nadie más quiere oír hablar de ello. Pero ¿cómo puedo culparles? Especialmente a mi pobre Bella.

–Te vi hablando con ella en la barbacoa del fin de semana pasado –dijo Valerie.

–Sí –dijo Sabrina, con una débil sonrisa–. No fue fácil, pero tenía que intentarlo. Ella es mi hija y la quiero.

–Por supuesto –afirmó Valerie.

–No tienes que defenderme, Val –dijo Sabrina con otra sonrisa–. Aunque te agradezco el esfuerzo. Bella está dolida y es muy protectora con su padre, quiero decir, con Markus. Porque no importa lo que pasó hace tanto tiempo, Markus es su padre. Es un buen hombre y no se lo merecía, o al menos, eso creo. Bella sabe que yo todavía lo amo. Pero también sabe que no puedo lamentar lo sucedido porque eso significaría lamentar su nacimiento. Y no lo lamento.

–Lo sé. También sé que Markus es su padre de todas las formas que importan –dijo Valerie–. Pero, si te sirve de ayuda, sé que Bella te echa de menos. Te quiere mucho.

Sabrina sollozó, se enjugó una lágrima y sonrió.

–Claro que me ayuda. Tengo la esperanza de que llegue a perdonarme y podamos volver a comportarnos como madre e hija. Gracias.

–Bueno… –dijo Valerie, no muy decidida–. Si tú amabas a Markus… ¿por qué te acostaste con su hermano?

Sabrina se reclinó de nuevo en la silla y miró alrededor de la pequeña habitación privada. Valerie la siguió con la vista, sin fijarse mucho en el papel de pared, de color rosa pálido, o en los cestos de helechos, las lámparas, la botella de vino frío situada entre las dos...

–A veces me parece como algo de otra vida –susurró Sabrina después de un largo silencio–. Por aquel entonces, Markus estaba tan ocupado en el estudio que casi nunca estaba en casa. Me sentía como una madre soltera la mayor parte del tiempo y supongo que realmente estaba sola.

–Sabrina…

–No, no me tengas lástima, Val. En realidad, no la merezco. Tenía lástima de mí misma, me sentía abandonada por mi marido y exhausta por cuidar de mis hiperactivos hijos –sonrió levemente ante los recuerdos que la inundaban–. David era muy atento. Su mujer, Ava, siempre se estaba quejando de alguna enfermedad. Parece que tenía obsesión con las enfermedades.

Valerie podía imaginar las escenas que describía Sabrina. Una joven madre, sola la mayor parte del tiempo, y su ocupado marido, inmerso en su trabajo… Sin duda no se daba cuenta de que la mujer que amaba se estaba apartando de él.

En realidad, había demasiadas semejanzas entre su propia historia y la de Sabrina, sólo que ella no era madre. Sin embargo, aun así podía comprender lo sola y abandonada que Sabrina debía de haberse sentido y no podía sino preguntarse si Markus había excluido a su esposa de sus pensamientos con tanta facilidad como parecía hacerlo Dev.

—Es una vieja y triste historia —dijo Sabrina—. Prácticamente un cliché. Le hice caso y me creí los halagos de David. Anhelaba el cariño que Markus no me daba y creí que David realmente me deseaba, que me amaba.

—¿No era así?

—No —Sabrina miró a Valerie a los ojos—. Me acosté con él deseosa de hacerlo, pero una vez que todo hubo terminado, lo lamenté. Me sentí terriblemente culpable. Había traicionado mi matrimonio, a mi esposo, a mi familia. En ese momento supe que había arriesgado todo lo que era importante a cambio de un instante de egoísmo. Intenté explicarle a David que todo había sido un error, que yo amaba a Markus y que nunca volvería a hacer algo así.

—¿Qué dijo David? —preguntó Valerie, sintiendo un escalofrío por toda la espalda.

—Se rió —Sabrina tragó en seco y sus ojos se volvieron fríos y distantes—. Me dijo que no me amaba, que ahora que me había poseído, todo había terminado. Y que su única razón para acostarse conmigo era vengarse de su hermano.

–Oh, Dios mío… –Valerie apenas podía imaginarse lo que habría sentido Sabrina después de haber sido tan horriblemente utilizada–. ¿Pero él no le dijo nada a Markus?

–No. Supongo que tuvo bastante con mi confesión.

–Yo… no sé qué decir.

–No tienes que decir nada –dijo Sabrina con una triste sonrisa–. A veces yo misma no puedo creer que haya sido tan tonta. Casi arruiné mi matri…

Sabrina rompió a llorar. Su matrimonio se derrumbaba bajo el peso de un secreto de veinticinco años.

–¿Y Markus? –preguntó Valerie rápidamente, para que volviera al pasado y no pensara en el futuro cercano–. ¿Cómo pudiste ocultar la verdad durante tanto tiempo? ¿Él no sospechó nada?

Ahora que había sacado todo lo que llevaba dentro, Sabrina respiró profundamente y suspiró.

–Ese secreto casi me mata. Pero si hubiera confesado habría sido por mi bien, no por el suyo. La verdad sólo podría haberle herido profundamente, así que lo guardé como parte de mi castigo. No podía pensar en decírselo. No podía ver cómo le rompía el corazón, cómo se reflejaba la traición en sus ojos –Sabrina movió la cabeza, como si ahuyentara todos los recuerdos–. Le dediqué mi vida a él, a los niños, y cuando supe que estaba embarazada de Bella, lo acepté como una señal de que estaba exactamente donde debía estar. Donde estaba mi corazón. Ese bebé sería mío y de Markus.

Sabrina hizo una pausa, inclinó la cabeza a un lado y pareció considerar algo cuidadosamente.

–Por supuesto, nunca le dije nada a Markus, y ésa es la razón por la que ahora todo esto es tan terrible, aunque algunas veces sospeché que él lo sabía, que adivinaba lo que yo había hecho. Pero nunca dijo nada. Después de ese momento con David, las cosas cambiaron. Aunque ninguno de los dos había dicho ni una palabra sobre el asunto, ambos decidimos dedicarnos por entero a nuestra familia, y cuando Bella nació, Markus le dio todo su amor… Ahora todo se ha estropeado –una triste sonrisa asomó a sus labios y sus preciosos ojos se llenaron de lágrimas que no llegó a derramar.

–Comprendo –dijo Valerie.

Algo en la voz de la joven hizo comprender a Sabrina que lo entendía todo demasiado bien.

–Oh, Valerie –dijo y tomó nuevamente una de sus manos–. ¿Devlin y tú tenéis más problemas?

Ahora fue Valerie quien sonrió tristemente.

–Le quiero tanto…

–Lo sé.

–Pero no es suficiente –concluyó Valerie y apretó fuertemente la mano de su suegra–. Creo que me quiere, pero…

–Se mantiene lejos de ti.

–Exactamente.

–Él ha sido siempre así –suspiró Sabrina–. Se parece mucho a su padre. Como si dejar que alguien se acerque demasiado fuera una señal de peligro. Y desde que supo la verdad sobre el origen de Bella, se ha encerrado más en sí mismo. Lo lamento mucho, Valerie, pero creo que mis errores pasados han afectado a tu matrimonio.

Val entrelazó sus dedos con los de Sabrina.

Eran dos mujeres enamoradas de sus maridos, sin esperanza de reconstruir sus matrimonios.

Resultaba tan triste…

–No sé qué hacer, Sabrina. Dev está haciendo conmigo lo mismo que Markus te hizo a ti hace tanto tiempo. Me está apartando. Me ignora excepto en la cama.

«Dios mío», pensó Val y guardó silencio rápidamente. «No puedo hablar con la madre de Dev sobre nuestra vida sexual».

–Eso es bueno saberlo, Val –Sabrina se rió, encantada–. Créeme, si Dev está atento a los asuntos de alcoba, entonces tú estás en su pensamiento. Sólo es cuestión de paciencia. ¿Tienes suficiente paciencia para tratar con un hombre tan terco como él?

–Creo que sí –dijo Valerie, más desalentada de lo que creía.

–Inténtalo, Val. Mi hijo es un buen hombre. Creo que vale la pena el esfuerzo.

–Pero hace casi tres semanas que hemos vuelto y no parece dispuesto a dejarme entrar en su corazón, no más de lo que lo estaba antes.

–Tres semanas no es mucho tiempo.

–Ya, pero... ¿cuánto es mucho tiempo? ¿Me quedo y me arriesgo a que nunca sienta por mí lo que yo quiero? –preguntó Valerie con voz triste–. ¿O debo dejarle mientras todavía haya posibilidad de recuperarme y olvidarle?

–Sólo tú puedes responder a eso, querida. Yo solamente puedo decirte que una vez que entregas tu corazón, no encontrarás la felicidad en ninguna otra parte. Créeme, ésa es la única lección que he aprendido.

Antes de que Valerie pudiera decir nada más, se abrió la puerta y entró una de las empleadas del spa.

–¿Cómo se encuentran? –preguntó sonriente–. ¿Listas para la pedicura?

–Sí, gracias –respondió Sabrina y le sonrió a Valerie.

–¡Magnífico! Voy a buscar a Mónica y regresaremos inmediatamente para ocuparnos de todo.

Al salir, dejó la puerta abierta, así que Valerie y Sabrina se mantuvieron calladas. No era oportuno hablar de asuntos privados si podían oírlas desde el salón.

El cotilleo era uno de los males más extendidos en Hollywood.

A sus oídos llegaban voces procedentes del salón, pero ninguna de las dos les prestaba mucha atención. Sin embargo, de repente Valerie escuchó el apellido Hudson…

–Te digo que… –decía una mujer del otro lado de la puerta–. Es un crimen que un hombre como Devlin Hudson malgaste su tiempo con su insignificante mujer. Por lo menos debería hacer algo con su pelo, ¿no crees? Qué horror.

Val se pasó la mano por el pelo y Sabrina le sonrió.

–No le hagas caso, Val.

Pero la joven seguía atenta a cada una de las palabras.

–No durará –dijo otra mujer con aire petulante–. Ya se han separado una vez y sólo han estado casados… ¿Cuánto? ¿Cuatro meses? Devlin pronto se cansará de ella. ¡Qué diablos! Su propio padre plantó a la madre.

Sabrina respiró profundamente y Valerie apretó los dientes con fuerza.

–Sí, pero su matrimonio duró treinta años.

–Son años de Hollywood, querida –añadió la otra mujer–. Probablemente se han acostado con media ciudad y lo han mantenido en secreto.

–¿En esta ciudad? Es un milagro que duraran tanto –se rió la primera mujer–. Tan pronto como Markus se divorcie de su mujer, saltaré sobre él. Lo quiero para mí. Tú puedes quedarte con Devlin cuando por fin se separe de la Señorita Monjil.

–Será fantástico. ¿Sabes? Me estoy leyendo un

papel para la próxima película de Hudson. Tendré que encontrar la forma de tropezar «accidentalmente» con él mientras esté en el plató.

–Si tú no puedes… –dijo su amiga con una risita–. Nadie podrá.

–¡Ya está bien! –murmuró Valerie y se incorporó.

–Déjalo, Valerie –le aconsejó Sabrina–. He vivido aquí suficiente tiempo como para saber que la gente habla. No puedes detener las habladurías. No puedes hacer nada.

–Esto sí que puedo pararlo –dijo Valerie–. Es demasiado para un día de spa.

–Val, no lo hagas.

La joven se dirigió a la puerta y miró a la madre de su marido.

¿Acaso Sabrina no había sufrido suficiente?

¿Tenía que escuchar cómo esas víboras hablaban mal de ella? No, decididamente no.

–No, Sabrina. Estoy harta. No voy a quedarme de brazos cruzados mientras el mundo hace lo que quiere de mí. No lo permitiré de nuevo.

–Oh, Dios… –Sabrina se levantó al tiempo que Valerie abandonaba la habitación y se enfrentaba a las dos mujeres, que se hacían la manicura.

Al verla aparecer, las dos víboras siliconadas apenas pudieron manifestar su perplejidad en la expresión del rostro. Las inyecciones de *bótox* paralizaban sus casi idénticas y perfectas caras hollywoodenses.

–¿Cómo os atrevéis a insultarme a mí y a mi familia? ¿Quién os creéis que sois? ¿Sabéis realmente lo que ocurre en nuestra vida privada? ¿O es que la palabra «privada» es nueva para vosotras?

–Espera un momento… –dijo una de ellas.

–No, ya habéis dicho suficiente y nosotras hemos oído cada palabra que habéis pronunciado.

–¿Nosotras? –preguntó la otra mujer intrigada.

Sabrina apareció en el umbral de la puerta y las dos mujeres se quedaron boquiabiertas.

Pero Valerie aún no había terminado. Se sentía dentro del papel y lo estaba disfrutando. Además, tampoco le importaba que la mitad del salón escuchara lo que decía. No le importaba quién pudiera estar allí. Era hora de que el mundo oyera lo que tenía que decir.

–¿Vosotras dos os creéis con derecho a meteros en las vidas ajenas? ¿Creéis que podéis cotillear sobre una persona sin que nadie os pida cuentas por ello?

–No hemos dicho nada que no esté en los periódicos –explicó la primera mujer.

–¿De veras? ¿En qué periódico apareció la palabra «dinero»? –dijo Valerie, con una mirada fría como el acero–. Os diré algo: ambas queréis ser actrices, pero os falta mucho para dar la talla y la Señorita Monjil os va a decir un par de cosas. El matrimonio de mi suegra es perfecto y su marido no necesita buscar a nadie como vosotras para sentirse bien. Y en cuanto a mi matrimonio, os sentiríais muy dichosas de tener lo que yo tengo.

–Un momen… –quiso interrumpir una de las mujeres.

–Y en lo que respecta a vuestra «audición»… –prosiguió Valerie con voz grave–. Sólo tengo que decir una palabra y las dos terminaréis en la taquilla de un cine vendiendo entradas.

–Verás, lo sentimos mucho, no sabíamos…

–Ya. No lo habéis pensado –rectificó Valerie–. Quizás la próxima vez lo hagáis. ¿Por qué no os marcháis ahora, si es que no queréis averiguar lo que puede hacer la Señorita Monjil?

–Buena idea –dijo una de las mujeres y le dio un codazo a la otra–. Vamos, Dani, vámonos ya.

–Detrás de ti –respondió su amiga.

Ambas recogieron sus bolsos rápidamente y se marcharon.

En cuanto se hubieron ido, se escucharon aplausos en el salón, pero Valerie seguía tan furiosa que ni se daba cuenta.

–¡Bravo! –exclamó Sabrina y le dio un abrazo–. No podría desear una nuera mejor.

Valerie sonrió y sintió una sensación de triunfo que nunca antes había experimentado. Quién le hubiera dicho que iba a sentirse tan maravillosamente bien al defenderse.

Después de lo que acababa de hacer, se sentía capaz de enfrentarse a Dev y ganarle la batalla.

–Gracias. ¿Qué te parece si dejamos la pedicura y nos vamos a comer?

Devlin entró, tiró las llaves sobre la mesa del recibidor y se dirigió a la habitación principal de su apartamento. Ya se había acostumbrado a los cambios en la casa, y le gustaban, aunque no le hubiera dicho nada a Val.

El mullido mobiliario era más cómodo que sus antiguos muebles de cuero y, pensándolo bien, era muy agradable tener «un sofá para acurrucarse», como le había dicho ella.

De pronto recordó la primera noche en ese sofá, frente al hogar y las velas… Con sólo pensarlo la deseaba ansiosamente. Era sorprendente ver con qué facilidad se excitaba al pensar en ella. Durante el día era capaz de no pensar en ella, pero en cuanto llegaba a casa, ella ocupaba todos sus pensamientos.

Movió la cabeza y miró alrededor, pero no la vio ni la oyó.

–¿Val? –llamó.

–Estoy aquí –respondió ella.

Dev sonrió y fue hacia la cocina, la cual se había convertido rápidamente en su lugar favorito de la casa. ¿Quién le hubiera dicho que cocinar juntos cada noche iba a ser tan divertido?

Aunque, por supuesto, el tórrido encuentro sexual que habían mantenido sobre la mesa la noche anterior le había añadido encanto a la estancia, y él estaba deseando repetirlo de nuevo.

Se quitó la cazadora, la lanzó sobre una silla y se desanudó la corbata mientras se dirigía hacia donde estaba su mujer. Valerie estaba picando cebolla y, al verlo llegar, le dirigió una alentadora sonrisa que prometía la pasión más arrebatadora.

Un delicioso olor atrajo su atención de repente.

—¿Qué estás cocinando? —le preguntó y se acercó a la humeante olla.

—Salsa de espagueti —dijo ella.

—¿Casera?

Valerie sonrió y se apartó el pelo de los ojos.

—¿Es que acaso hay otra?

Antes de casarse con ella, Dev sólo había conocido la salsa enlatada y la mesa para una sola persona.

—Huele muy bien —dijo, después de levantar la tapa de la olla y aspirar profundamente.

—Y sabrá mejor —le aseguró Valerie—. ¿Te importaría ayudarme a cortar las cebollas?

—Claro que no —respondió Dev y se colocó detrás de ella.

Puso sus manos sobre las de Valerie y se apretó contra ella, para que sintiera su cuerpo excitado y ansioso. Quería dejarle claro que cortar vegetales no era precisamente lo que más deseaba en ese momento.

–Dev, si haces eso puedo cortarme o cortarte a ti.

–Entonces, es mejor que apartes el cuchillo.

–Pero la cena...

–No tengo hambre de comida –le dijo y le dio la vuelta entre sus brazos.

Hábilmente, desabotonó su blusa y desabrochó el sujetador.

–Esto es lo que necesito –murmuró.

Dev liberó los pechos de Valerie y los tomó entre sus manos.

La joven dejó caer la cabeza, cerró los ojos y suspiró profundamente.

–Esto no debería ser tan bueno. Debería ser un delito –dijo ella.

–Entonces soy un delincuente –susurró Dev mientras se arrodillaba lentamente frente a ella–. ¿Estás lista para mí?

–¿Acaso no lo estoy siempre? –bromeó ella y le miró a los ojos.

«Sí», pensó Dev, mientras su cuerpo revivía y el corazón se le salía del pecho.

Aquella rutina se había convertido en un pequeño juego que llevaban toda la semana practicando.

Llevara la ropa que llevara, ella nunca se ponía ropa interior para recibirle. Él ya le había roto tres de sus tangas de encaje favoritos y desde entonces ella había dejado de usar lencería.

Así, cada vez que regresaba a casa después del trabajo, Dev no pensaba en otra cosa; tanto así, que en alguna que otra ocasión había estado a punto de salirse de la carretera.

¿En qué momento ella se había convertido en alguien tan importante para él? ¿Cuándo se había vuelto el centro de sus pensamientos, la imagen de sus fantasías?

—Dev… ¿Qué vas a…?

Sus palabras se cortaron cuando él le mostró exactamente lo que había estado pensando desde hacía más de una hora. Por suerte, ella llevaba una falda suave de algodón que facilitaba las cosas.

Arrodillado delante de ella, Dev se la levantó, le separó los muslos y se acercó lo suficiente para saborear su sexo.

—¡Oh, Dios! Devlin…

La lengua y los labios de Devlin se movían salvajemente en el mismo centro de su sensibilidad y ambos se sentían arrastrados por una sensación de inmensa locura.

El olor y el sabor de Valerie inflamaban la pasión de Devlin y hacían que la deseara cada vez más. Los jadeos de la joven, sus dedos entrelazados en el cabello de él, mientras lo apretaba contra su sexo…

Devlin quería llevarla al límite del deseo.

De pronto levantó la vista y, al verla mirarle con los ojos velados por la pasión, sintió que el fuego le quemaba las entrañas. Una y otra vez lamió, mordisqueó, acarició…

Y, por fin, la empujó hacia arriba con más fuerza hasta hacerla pronunciar su nombre. Los temblores del éxtasis la sacudían de los pies a la cabeza y poco a poco, se desplomaba contra él, sin fuerzas.

–Eso ha sido… Devlin, tú…

No pudo terminar la frase. Pero él aún no había terminado.

A Devlin Hudson le sobraban fantasías y quería hacerlas todas realidad esa noche.

Se incorporó, la apretó contra sí, la besó frenéticamente y la levantó. Entonces le dio la vuelta y la colocó sobre la fría encimera. Ella gritó pero enseguida se dejó llevar por sus besos, tal como él quería.

Devlin la deseaba cada vez más. No tenía fin para su ardiente pasión. Sólo quería poseerla otra vez. Su fuego interior era acuciante, el calor y el deseo quemaban todo su ser y no podía pensar en otra cosa que no fuera ella.

¿Cómo había ocurrido? ¿Cómo había podido adentrarse así en su corazón?

Ella lo miraba con sus preciosos ojos violeta repletos de satisfacción y de deseo renovado. Valerie era asombrosa. Era increíble. Y era suya. Al menos, por el momento.

–Devlin –dijo en un susurro–. Te quiero dentro de mí, ahora mismo.

–Ése es el plan –murmuró él.

Abrió la cremallera, liberando su miembro, y se

acercó todo lo posible a la joven para poseerla allí mismo, en su lugar favorito. La penetró con un único y vigoroso empujón y ella gimió ante la embestida.

El interior de Valerie era caliente y acogedor, un lugar en el que perderse y dejar la mente en blanco.

Lentamente, empezó a balancear las caderas a un ritmo sutil y ella no tardó en seguir la cadencia, que iba acelerándose más y más hasta que, por fin, llegaron al clímax de la pasión.

Valerie gimió, arqueando su cuerpo tembloroso. Y en pocos segundos, Dev pronunció su nombre, sosteniéndola firmemente mientras caían en un abismo lleno de estrellas.

Unos minutos después, Valerie levantó la cabeza y lo miró con tanto amor que casi lo dejó sin aliento. Sólo Dios sabía lo nervioso que estaba.

No había duda de que ella lo amaba. Siempre lo había amado. Y él la quería.

«Dios mío», pensó.

Ésa era una palabra frágil y él lo sabía. Pero no podía darle amor. No era propio de él.

Sólo podía darle un instante de pasión y eso tenía que ser suficiente para los dos.

Se separó de ella y se arregló la ropa. Se cerró la cremallera y la ayudó a levantarse de la encimera mientras ella se arreglaba la falda.

–Ha sido la mejor bienvenida –dijo Valerie, todavía sonriente.

–Me gustan las sorpresas –respondió Devlin. Sus sentimientos encontrados libraban una dura batalla en su interior.

Sorpresas… Cuántas sorpresas.

La recién descubierta autoconfianza de Valerie, la increíble química que compartían, su propio sentido de… cariño hacia ella. No estaba preparado para todo eso y por ese motivo era incapaz de manejar la situación.

Valerie debió de captar la profunda confusión de Dev, porque su sonrisa se esfumó rápidamente.

–Bueno, yo también tenía una sorpresa –le dijo, volviendo a ocuparse de las tareas culinarias.

–Sí, yo estaba allí –dijo él, reclinándose contra la encimera.

–No me refería a esa sorpresa –dijo ella y le lanzó una rápida mirada–. Tu madre y yo fuimos a un spa y…

Él se alejó de la encimera, se acercó a la joven e hizo que le mirara de frente.

–¿Tú y mi madre?

–Sí –respondió, obviamente confundida ante su reacción–. El fin de semana pasado, en la barbacoa, acordamos pasar el día juntas.

Devlin se frotó la nuca con una mano.

Problemas.

Problemas.

Problemas.

¿Qué podía haberle dicho su madre? ¿Acaso

152

le había hecho alguna confesión? ¿Se había compadecido Valerie de ella? ¿Era ésa la sorpresa?

–En realidad, lo pasamos muy bien –dijo la joven, completamente ajena a sus pensamientos–. Tuvimos la oportunidad de hablar y ella me contó lo que había pasado.

Toda la calidez de Devlin desapareció en un instante. Su frialdad de siempre había vuelto y lo alejaba de ella por momentos.

Sabrina le había contado todo.

–Podría decirte que… –empezó a decir ella.

–No, gracias –la interrumpió abruptamente.

No quería oír la confesión de su madre en boca de otra persona. No podía haber ninguna explicación y la excusa llegaba con veinticinco años de retraso. Lo hecho, hecho estaba y nada podía cambiarlo.

–Dev, si permitieras que ella hablara contigo…

Él movió una mano en el aire y frunció el ceño.

–No hay nada que hacer. ¿Cuál es la sorpresa de que hablabas?

Valerie suspiró, obviamente decepcionada, dejó a un lado el cuchillo y se volvió hacia él con una sonrisa forzada.

–Bien, casi habíamos terminado en el spa, cuando escuchamos la conversación de dos mujeres. Decían las cosas más horribles sobre tu madre, y sobre nosotros.

Dev apretó los dientes y esperó que terminara. El cotilleo no era nada nuevo en esa ciudad,
pero la idea de que Valerie y su madre hubieran
escuchado los sucios cuchicheos que se cocían
en torno a la familia Hudson… Era intolerable.

Ella siguió hablando y, cuanto más le contaba,
más aturdido se sentía él.

Lo ocurrido era algo más que un simple cotilleo. ¿Acaso no se daba cuenta de lo que había
hecho?

—De todas formas… —decía Valerie—. Después de
cantarles las cuarenta, las dos víboras se fueron
rápidamente. Casi salían chispas de sus elegantes
sandalias… Estaba tan orgullosa de mí misma
por ponerlas en su lugar, que me fui a comer con
tu madre para celebrarlo.

Dev la miró fijamente, como si nunca la hubiera visto antes.

—¿Celebrarlo? ¿Estás loca?

—Dev…

—¡Maldita sea, Valerie! ¿No te das cuenta de que
lo has empeorado?

Capítulo Diez

Sabrina abrió la puerta de la mansión de la familia Hudson, entró y se detuvo en el umbral, como si temiera que el mayordomo o Hannah, el ama de llaves, pudieran echarla de allí.

Pero eso no iba a suceder.

Markus no le había pedido que se marchara. Ella se había ido por su propia voluntad, pues sabía que ambos necesitaban tiempo para superar un secreto tan doloroso.

Sin embargo, ver a Valerie enfrentándose a la malicia de aquellas mujeres le había dado el valor que necesitaba para afrontar sus propios problemas. No podía quedarse en un hotel por el resto de su vida; no mientras su corazón estuviera allí. En esa casa. Con Markus.

Fuera o no lo correcto, tenía que regresar a su lado. Tenía que averiguar si todavía podía luchar por su matrimonio.

Entró en la casa en silencio y, de la misma forma, cerró la puerta tras de sí. Respiró profundamente para calmarse y miró alrededor para reconocer el hogar que tanto había echado en falta. Había demasiado silencio.

En los primeros años de su matrimonio, hubiera dado cualquier cosa por tener un poco de paz y quietud, pero en ese momento, lo hubiera dado todo por volver a escuchar a sus hijos correteando por la casa. Oír sus gritos, su risa. Volver a ser aquella joven esposa, pero con la sabiduría acumulada con el paso de los años.

De pronto reparó en una foto de Bella.

Su pobre hija… Cuánto había sufrido por su causa.

Había hablado con ella una hora antes y, aunque su relación era bastante frágil, Sabrina sabía que el amor que sentían la una hacia la otra era lo suficientemente fuerte como para superar los errores del pasado.

—Dios, fui una idiota —susurró para sí con palabras que rompieron el silencio que la rodeaba.

—No.

Sabrina dio un respingo, sorprendida al ver que no estaba sola. Markus salió del salón y se detuvo bajo la luz de la lámpara del recibidor. Su semblante estaba tenso, pero sus ojos, esos ojos que ella conocía tan bien, estaban llenos de pena.

La madre de Dev se tapó la boca con la mano y se volvió rápidamente hacia la salida, sin apenas poder hablar.

—Lo siento, Markus —susurró—. No debí haber venido.

Markus puso su mano sobre el brazo de Sabrina para detenerla.

–No, nunca te debiste marchar.

–¿Qué? –preguntó Sabrina y alzó los ojos hacia él.

Markus sonrió. El hombre a quien ella amaba tan apasionadamente le sonreía y su corazón latía con fuerza, lleno de una esperanza renovada.

–Lo siento tanto, Sabrina.

–Markus, no –replicó Sabrina, asombrada por sus palabras, las únicas que nunca había esperado oír de su boca–. Yo soy quien debe disculparse. Nunca quise hacerte daño. Nunca quise…

Él la tomó por los hombros y sus manos le trasmitieron la calidez que necesitaba después de tantas semanas de soledad.

Los ojos de Sabrina se llenaron de lágrimas que no se atrevía a derramar por miedo a no poderlas contener.

–No me debes ninguna explicación, Sabrina –dijo Markus y la besó en la frente–. Recuerdo cómo era yo entonces. Recuerdo que a menudo te dejaba sola. Lo decidido que estaba a mantenerte a distancia.

«Cierto», pensó Sabrina.

Todo eso era cierto. Ésos habían sido los motivos que la habían impulsado a buscar en otro hombre la atención que quería que su esposo le prodigara.

–¿Por qué? –exclamó Sabrina, haciendo la pregunta que debía haber formulado mucho tiempo antes–. Yo sabía que me amabas. Pero… ¿por qué me apartabas de ti?

–Por esa misma razón… –confesó él, con una amarga sonrisa–. Creía que te amaba demasiado y que si te decía cuánto te necesitaba, ibas a tener todo el poder sobre nuestra relación para hacer lo que quisieras con mi corazón.

–Oh, Markus…

–Yo fui el tonto –dijo y le levantó la barbilla a Sabrina con la mano para mirarla directamente a los ojos–. Sentí cómo te alejabas y no hice nada para impedirlo. Vi cómo David te manipulaba y me dije a mí mismo que no pasaría nada. Me di cuenta de tu sufrimiento y lo ignoré.

Una lágrima descendió por la mejilla de Sabrina, pero ella no se molestó en secarla.

–No quería lastimarte, Sabrina –susurró Markus y besó la lágrima suavemente.

Sabrina sintió cómo desaparecía el dolor que la había atenazado tanto tiempo. Estar allí, junto a él, en el lugar adonde ella pertenecía, la hacía sentirse tan bien… ¿Cómo había podido arriesgar todo aquello? ¿Cómo había podido arriesgarse a perderlo?

La esperanza regresó a su corazón. Pensó que por fin podía recuperar lo que había perdido por su egoísmo y su falta de visión. Pero, antes de continuar, tenía que saber algo.

–¿Y Bella? ¿Sospechaste entonces que David era su padre biológico?

El dolor asomó brevemente a la faz de Markus.

–Sí –dijo suavemente–. Lo sabía. Pero no me importó. Bella es mía. Es nuestra. Siempre lo ha sido.

El secreto de Sabrina, tan cuidadosamente guardado durante años, nunca lo había sido realmente.

¿Era una ironía? ¿O acaso era justo que ella y Markus hubieran sufrido solos, culpándose a sí mismos de lo que había pasado sin atreverse a confesarlo?

–Oh, Markus, te quiero tanto… Siempre te he amado.

Sabrina finalmente levantó una mano y se secó otras lágrimas que caían por sus mejillas.

–Sólo me sentí perdida un momento.

–Perderse no es importante –dijo Markus suavemente–. Sólo importa que hayas encontrado el camino de regreso a casa. Que ambos lo hayamos encontrado.

–Te he echado tanto de menos… –dijo ella.

Markus la abrazó y Sabrina respiró aliviada por primera vez en semanas. El olor, la calidez, la fortaleza de Markus, le eran tan familiares, tan necesarias… Todas esas sensaciones le hacían ver que, finalmente, había vuelto a su hogar.

–No me abandones nunca, Sabrina –murmuró, besando sus cabellos y apretándola contra su cuerpo–. No puedo vivir sin ti.

–Nunca te dejaré –juró Sabrina y le miró a los ojos–. Siempre estaré contigo, siempre.

—Vamos arriba –dijo Markus sin soltarla y la llevó hacia la escalera–. Te mostraré cuánto te he echado de menos.

Sabrina posó la cabeza en el hombro de su marido y suspiró agradecida.

—¿Peor? –Valerie lo miró como si se hubiera vuelto loco, y así era como Dev se sentía en ese momento–. ¿Qué quieres decir? ¿Cómo pueden empeorar las cosas porque yo me defienda y defienda también a tu madre?

Dev maldijo por lo bajo.

«¿Cómo es posible que las cosas puedan salir tan mal en un abrir y cerrar de ojos?», se preguntó para sí.

Un rato antes, estaban juntos haciendo el amor, y ahora…

—¡Maldita sea, Val! ¡Por supuesto que has empeorado las cosas!

Dev se pasó ambas manos por el pelo y caminó por la cocina. Quería agarrar algo y arrojarlo al suelo con furia, pero no había nada en su camino, así que no quedaba más remedio que calmarse.

—¿En qué rayos estabas pensando? –preguntó Dev.

Ella giraba sobre sí misma, siguiéndole con la vista mientras él caminaba furioso.

—Pensaba en defenderme y también a tu madre. Pensaba en esta familia –respondió con sus ojos de color violeta bien abiertos y los brazos en jarras.

–Buen trabajo –resopló Dev y soltó una risa amarga.

–¿Qué es lo que te pasa? Sólo fue un encuentro en un salón con un par de mujeres y a nadie más le importa.

–Exacto –Dev se detuvo en seco y la miró como si nunca la hubiera visto antes–. Por si nadie te lo ha dicho, esto es Hollywood. Esas dos mujeres se lo dirán a todo el mundo. ¿Piensas que no van a contarle tu amenaza a todo el mundo? No hay secreto bien guardado en esta ciudad… por lo regular –añadió Dev, pensando que su madre sí había logrado mantener su secreto a buen recaudo durante treinta años.

–Dev, no podía quedarme allí sentada mientras esas mujeres insultaban a tu madre.

–Pues debías haberlo hecho –dijo bruscamente, al imaginar los titulares de los periódicos de la mañana.

«La mujer de Hudson amenaza a unas actrices», pensó.

–¿Por qué? –preguntó Valerie.

–¡Diablos! ¿Acaso no ha habido ya suficiente mala prensa sobre la familia? Cuando esas dos propaguen los chismes por toda la ciudad, todo el mundo comentará que mi mujer amenazó a unas actrices diciéndoles que podía arruinarles la carrera cinematográfica. ¡Vaya! Muchas gracias por tu ayuda.

–¡Por el amor de Dios! Estás haciendo una montaña de un grano de arena –dijo Valerie con el ceño fruncido.

–Y tú debes ocuparte de tus propios asuntos.

La joven se sintió como si le hubiera dado una bofetada en la cara. Apretó la mandíbula con fuerza y sus ojos relampaguearon con rabia contenida.

–La familia Hudson es asunto mío –dijo finalmente, con voz tranquila, después de respirar a fondo–. Ahora soy un miembro más de esta familia, lo quieras admitir o no.

–¿Y qué rayos significa eso? –gritó Dev, furibundo.

–Si vas a gritar, no te hablaré más.

–¡Cómo que no! –gritó nuevamente–. Estamos discutiendo.

–No. Yo estoy manteniendo una discusión –dijo Valerie tajantemente–. Tú tienes una pataleta.

–¿Pataleta? –Dev levantó las manos y alzó la mirada al cielo como si buscara una ayuda que él sabía no llegaría–. Bien, ¿qué diablos querías decir con que tú eres parte de esta maldita familia, lo quiera yo admitir o no?

–Significa que mientras estamos juntos en la cama, tú eres tan feliz como una perdiz por tenerme cerca. Pero en el momento en que sale el sol, no quieres verme ni en pintura.

—Eso es ridículo –dijo Dev, aunque supiera que las palabras de Valerie estaban muy cerca de la verdad.

—¿No es así? –preguntó ella y se acercó a él con los ojos centelleantes.

Dev dio un paso atrás. Estaba furioso, pero no era idiota.

—No se trata de nosotros –replicó, a pesar de la furia que sentía–. ¡Se trata de que los asuntos de mi familia estén en boca de todos! ¡Tú has contribuido a empeorar las cosas amenazando a esas idiotas!

—Nuestra familia estaba siendo atacada, Dev. Y yo defendí a tu madre. Algo que tú nunca has sido capaz de hacer.

—No empieces… –le advirtió.

—No fui yo quien empezó –dijo Valerie, acaloradamente–. Fuiste tú. Culpas a tu madre por algo que pasó hace veinticinco años. Y ella también se culpa a sí misma.

—Como debe ser…

—No he terminado –Valerie le interrumpió bruscamente–. ¿Nunca se te ha ocurrido pensar que hacen falta dos personas para que un matrimonio tenga éxito?

—¡Así que fue culpa de mi padre! –Dev sacudió la cabeza y se rió–. ¡Fantástico! Perfecto. ¿Es eso lo que te contó mamá? ¿Que fue obligada a acostarse con mi tío porque mi padre quería que lo hiciera?

–Ahora estás siendo estúpido –dijo Valerie y se dio la vuelta–. Obviamente, no quieres oír lo que tengo que decirte.

Dev la sujetó por el brazo y la obligó a mirarle a la cara.

–Esto no ha terminado. Tú quieres terminarlo. Bien. Hablemos de ello. Mi madre traicionó a mi padre. Nos traicionó a todos.

–¿No crees que ella lo sabe? ¿No crees que lo lamenta?

–¿Acaso puede cambiar las cosas con lamentarlo? –preguntó Dev y la soltó.

Necesitaba moverse, así que comenzó a andar nuevamente; tenía que soltar la rabia y la energía que llevaba dentro. No podía estar tranquilo ni aunque le fuera la vida en ello.

–Si ella pudiera cambiar las cosas, no tendríais a Bella –le recordó Valerie suavemente.

–Ése es un golpe bajo –dijo y la miró fijamente.

–Es la verdad, Dev –dijo Valerie y soltó un suspiro–. No digo que tu madre no cometiera un error. Lo que quiero decir es que no fue ella sola quien lo cometió. ¿No has pensado que si tu padre no hubiera estado tan ocupado con su trabajo como para no darse cuenta de que tenía una esposa, nada de esto habría ocurrido?

Dev frunció el ceño. Quería desechar ese argumento, pero ¿no hacía sólo unos días que él había pensado lo mismo? ¿No había sido en casa de Jack, durante la barbacoa?

De niño apenas veía a su padre y, al mirar atrás, con la perspectiva de un adulto, no era capaz de recordar a su madre en compañía de su padre. Ella siempre estaba sola.

—Eso no constituye una disculpa para lo que ella hizo —dijo en voz alta.

—Efectivamente, no es una disculpa, pero sí un motivo —dijo Valerie—. Quizás Sabrina necesitaba sentirse querida. Saber que era amada.

—¿Y acostarse con su cuñado hizo que se sintiera amada? —preguntó Dev con ironía—. ¡Qué bien!

—No seas tonto, lo que David hizo fue humillarla. Utilizarla.

—¿Qué? —preguntó Dev, incrédulo.

—Ya me has oído —Valerie se le acercó con los ojos centelleantes—. Él se aprovechó de Sabrina. Su propio esposo la ignoraba y el hombre que la sedujo realmente la estaba utilizando para herir a su propio hermano. Así que ¿quién se llevó la peor parte en este asunto?

Las palabras de Valerie fueron como una bofetada que le obligó a enfrentarse a unas cuantas cosas que había elegido ignorar durante mucho tiempo.

Su madre también había sufrido con todo aquello y resultaba evidente que el «perfecto» matrimonio de sus padres ya tenía problemas antes de la traición. Pero él no quería reconocer el punto de vista de Valerie, porque si lo hacía, iba a verse obligado a admitir que ninguno de sus padres era perfecto. Y eso no era nada fácil.

—¿No lo ves, Dev? Hay dos personas en un matrimonio. Y si sólo una de ellas es la que ama, esa unión está condenada al desastre.

Dev la miró a los ojos y entonces comprendió que estaba hablando de algo más. Estaba hablando de ellos dos.

—Nuestra situación es diferente.

—¿Lo es? —preguntó ella.

—Lo es, a menos que te estés acostando con mi tío —respondió en el colmo de la exasperación.

—Eso no tiene nada de gracioso.

—Nada de esto lo es —murmuró Dev y levantó las manos, como si tratara de ahuyentar el incipiente dolor de cabeza que empezaba a aturdirle.

Tenía que guardar las distancias con ella, pero su corazón le traicionaba. Y ya no podía pensar con claridad.

—¿Cómo diablos puede un hombre vivir con eso?

—Dev…

—Déjalo ya, Valerie, ¿de acuerdo? Déjalo por esta noche —le dijo y se dispuso a salir. Necesitaba aire fresco, moverse, pensar. Apartarse de esos ojos violeta que veían demasiado.

—¿Adónde vas? —preguntó ella.

—Necesito dar un paseo. Despejar la mente.

Caminó hasta el borde del jardín y miró hacia la casa donde había crecido. Los ecos de la discusión con Valerie todavía retumbaban en su cabeza.

Recorrió con la mirada la vieja casa, y entonces vio algo en la suite de su padre. Eran sombras que se movían a la luz de la lámpara.

Dos siluetas que se acercaban hasta fundirse en una sola...

No tuvo ninguna dificultad en reconocerlas. Eran sus padres. Obviamente, Markus y Sabrina se habían reconciliado.

Sorpresa, shock, indignación...

Sentimientos contradictorios emprendían una lucha descarnada por hacerse con el control de su ser.

Se alejó un poco. Contempló la negra espesura y escuchó los sonidos que le rodeaban.

Al final de la calle, un perro lanzaba agudos ladridos y un coche se dirigía hacia la ciudad haciendo rugir su potente motor.

¿Cómo no iba a perdonar a su madre si su padre lo había hecho?

Disgustado con sus padres, con su mujer y consigo mismo, Dev echó a andar calle abajo entre el verdor de los árboles que custodiaban las múltiples mansiones.

Necesitaba ese paseo mucho más de lo que había creído en un primer momento.

***

Varios días después, las cosas seguían igual entre Dev y Val, pero otros muchos problemas de la familia Hudson sí que tenían solución.

Valerie sonrió mientras bajaba la escalera rumbo al ala familiar de la mansión.

Sabrina estaba radiante. Markus y ella estaban juntos de nuevo y por fin había vuelto a la mansión.

La madre de Dev también había arreglado las cosas con su hija, y las dos iban a reunirse con Valerie para tomar el té y hablar sobre la boda de la actriz de *Honor*.

Al parecer, Bella había cambiado de opinión respecto a las dimensiones del acontecimiento, ahora que ella y su madre volvían a hablarse. Si bien antes quería una ceremonia sencilla y discreta, finalmente se había decantado por un gran evento social a gran escala.

«Eso está bien», pensó Valerie.

Cualquier cosa valía con tal de mantener la mente alejada de sus propios problemas con Dev. Desde la pelea que habían mantenido noches atrás en la cocina, la relación entre ambos se había vuelto aún más fría. Por supuesto, sus prácticas amorosas seguían siendo cálidas y apasionadas, pero la distancia entre ellos era cada vez mayor.

Por mucho que supiera que sus padres habían resuelto sus diferencias, Dev parecía decidido a mantenerse encerrado tras la pared que Val había estado a punto de derribar.

Camino de la cocina, Valerie atravesó el recibidor y en ese momento sonó el teléfono.

–Hola.

–¡Hola! –era una voz de mujer un poco indecisa–. ¿Con quién hablo?

–Hola, Charlotte, soy Valerie –dijo Valerie tras reconocer la voz.

–Hola, Val.

Charlotte hablaba tan alto que casi podía oírla desde su casa de Francia sin necesidad de la conexión telefónica.

–Quiero hablar con la tía Sabrina –dijo rápidamente–. La llamé al hotel, pero me dijeron que se había marchado. Espero que esté en casa y que todo se haya arreglado y…

Valerie se rió. A pesar de sus propios problemas, era agradable escuchar a alguien tan feliz.

–Tienes razón –dijo interrumpiendo a la prima de Dev–. Sabrina volvió a casa hace unos días. Voy a avisarle.

–¡Fantástico! Pero… espera. Tengo que decírselo a alguien, así que tú serás la primera, Val. No se lo cuentes a tía Sabrina hasta que yo lo haga ¿vale?, porque quiero darle la sorpresa.

–Te lo prometo –dijo Val, y levantó la cabeza al oír acercarse a Sabrina–. Precisamente está aquí, Charlotte.

–¡Estoy tan contenta con el bebé! –Charlotte se rió, encantada.

Val sintió que se le retorcía el corazón y una

punzada de envidia sana la atravesó donde más dolía al oír la noticia.

—Sinceramente, Val, todo aquí es tan bueno… Nunca pensé ser tan feliz. Es maravilloso…

—Es fantástico —pudo decir Val mientras Sabrina se acercaba con expresión preocupada.

—Y no te he contado lo mejor —agregó Charlotte rápidamente, antes de que Val le pasara el teléfono a Sabrina—. Es una niña y vamos a llamarla Lillian, como mi abuela.

Otra punzada sacudió a Valerie.

Familia. Relaciones. Tradiciones. Los Hudson estaban activos, construían vidas y reconstruían otras cuando era necesario, pero Dev y ella estaban atascados, estáticos.

Con la desbordante alegría de Charlotte retumbando en sus oídos, y la mirada de preocupación de Sabrina justo enfrente de ella, Valerie tuvo que reconocer que había cometido un gran error al volver con Dev. Había pensado que podía ganarse su amor, pero era evidente que él no estaba interesado en lo que ella podía ofrecerle.

Él no quería amar ni ser amado. Él quería estar solo y tener una compañera sexual a mano cuando la necesitara.

La pena le hizo un nudo en la garganta. No obstante, se las arregló para poder hablar.

—A propósito, Charlotte, Sabrina está aquí. ¿Por qué no le das la noticia? Yo tengo que…

–Claro. Está muy bien. Gracias por escucharme, Val, y ¡dale un beso grande a tu marido!

–De tu parte, Charlotte. Espera un momento –dijo y le dio el teléfono a Sabrina.

Sabrina tomó el teléfono y lo cubrió con la mano para preguntarle a Val si todo estaba bien.

–Sí –respondió Val con una sonrisa forzada–. Pero no puedo reunirme contigo y con Bella, Sabrina. Tengo que hacer algunas cosas y…

–Está bien, querida –dijo Sabrina y puso la mano sobre su brazo con cariño–. Pero si necesitas hablar con alguien…

–Gracias –susurró Val y se marchó antes de que las lágrimas inundaran su cara–. Te veré luego, Sabrina.

No podía hablar con su suegra. No podía hablar con nadie. La pena era demasiado profunda. Demasiado lacerante. No podía vivir viendo cómo la gente a su alrededor crecía y era feliz y tenía todas las cosas que ella deseaba tanto. Si eso era ser egoísta, tendría que vivir con ello.

Val se encerró en su suite y finalmente se echó a llorar, pues sabía que allí nadie la vería.

Cuando Dev llegó a casa, no tardó en comprender que algo iba mal.

No había música.

Ningún perfume tentador impregnaba el aire. Frunció el ceño y se dirigió a la habitación principal. Allí estaba Val, acurrucada en una butaca al lado de la ventana, con la mirada fija hacia el jardín. Estaba preciosa y como hechizada.

–¿Val? –preguntó.

Ella volvió la cabeza hacia él y entonces Dev se dio cuenta de que había estado llorando.

–¿Qué es lo que pasa? ¿Algo anda mal?

–Nosotros –dijo ella suavemente–. Somos nosotros los que estamos mal. O quizás sólo sea yo. No estoy segura.

Una sensación de frío se apoderó del pecho de Dev mientras se acercaba a ella. Era cierto que las cosas habían estado un poco tensas desde su última discusión, pero él creía que eso ya había quedado atrás. Después de todo, sus padres habían arreglado sus problemas y él había hablado con su madre esa misma mañana…

–¿Qué tratas de decirme? –preguntó Dev y se sentó frente a ella.

–Quiero el divorcio.

Capítulo Once

Sorprendido, Dev la miró fijamente. Jamás se hubiera esperado algo así.

¿Cómo había ocurrido?

—No te sorprendas —dijo Val, sarcástica—. Dev, tú sabes que esto no funciona. No somos felices.

—Yo soy feliz y pensaba que tú también lo eras —respondió Dev, que comenzaba a recuperarse. Estaba sorprendido e intentaba comprender lo que Val le decía.

—Intenté ser feliz —dijo Val y se rodeó las rodillas con los brazos—. De veras que lo he intentado esta vez, Dev. Pero es obvio que no soy la mujer que tú deseas. Yo te amo y pensé que podría lograr que tú me amaras también. Pero no lo he conseguido y para mí el amor es lo más importante. Por eso no puedo quedarme a tu lado.

—Pero nosotros nos llevamos muy bien —exclamó Dev—. Nuestra vida sexual es perfecta, los problemas familiares se están arreglando… ¡Diablos! Hasta hablé con mamá esta mañana porque sabía que tú querías que lo hiciera.

Ella sonrió tristemente y Dev se estremeció hasta lo más hondo.

–Me siento feliz de que hayas hablado con tu madre. Pero no se trata de la familia. Se trata de nosotros y de lo que no tenemos. Tu prima Charlotte llamó para decirnos que va a tener un bebé.

–¿Qué?

–Llamó hoy desde Francia. Será una niña y la va a llamar Lillian.

–Me alegro por ella –dijo Dev–. Pero ¿qué tiene…?

–Ella está construyendo una familia –Val sollozó y se enjugó las lágrimas–. Jack y Cece siguen adelante. Max y Dana están comprometidos. Bella se va a casar. Luc y Gwen viven felices en su rancho. Todos menos nosotros tienen la clase de vida que yo deseo. La clase de familia que yo quiero. La que nosotros nunca tendremos.

–Claro que podemos tenerla.

–No sin un amor recíproco, Dev –dijo Val y sacudió tristemente la cabeza.

–¿Amor? –Dev soltó el aliento y se alejó unos pasos de ella, pero regresó inmediatamente–. ¿Se trata de amor? El amor está sobrevalorado, Val. Mira lo que les pasó a mis padres. El amor casi acaba con ellos. Su supuestamente sólido matrimonio casi se deshace porque estaba basado en el amor. ¿Es eso lo que quieres? ¿No es mejor tener una relación basada en la amistad y en el deseo verdadero?

Val se levantó de la butaca y se paró delante de él. Sus labios temblaban, pero hizo un esfuerzo para que no se notara.

–Pero por mi parte no es sólo deseo, Dev. Yo te amo. Y respecto al matrimonio de tus padres… ¿no te das cuenta? Va a funcionar precisamente porque se aman. El amor engrandece o empequeñece las cosas. Es lo que hace que la vida valga la pena.

–Te equivocas –murmuró Dev–. El amor es peligroso. No se puede confiar en él.

–Y mientras sientas eso, no tendremos nada verdadero –Val suspiró, cruzó los brazos y se los frotó con las manos de arriba abajo para darles calor–. Me quedaré a tu lado hasta después de los Oscar. Sé lo importante que es para ti tener a toda tu familia junto a ti esa noche. Pero cuando termine, me iré. Y esta vez será para siempre.

Dev sintió que el miedo le atenazaba la garganta. Val estaba triste, rota en mil pedazos.

Se iba a marchar. La iba a perder. Para siempre.

Era el final, lo presentía. No habría vuelta atrás.

–Me diste tu palabra aquel día cuando fui a buscarte para que regresaras a casa. Juraste que no te marcharías a menos que yo te lo pidiera –le recordó Dev–. Bien, no te lo pido.

–Sí que lo haces –dijo Val tristemente–. Simplemente, no quieres admitirlo.

–Eso no tiene sentido.

–Nada de esto lo tiene –exclamó Val–. Le estoy diciendo al hombre que amo que quiero el divorcio. ¿Es eso lógico?

–No te daré el divorcio.

–¿Por qué? –preguntó Val con un destello de esperanza en los ojos.

Dev estaba respirando con dificultad, como si hubiera realizado una larga carrera y estuviera a punto de cruzar la meta, exhausto.

–Porque tú eres mía. Y no renuncio a lo que es mío.

–Así que no me amas, sino simplemente no quieres dejarme ir –suspiró Val.

–Tú me importas –dijo y la miró fijamente a sus ojos violeta, que brillaban con lágrimas contenidas–. ¿No es suficiente?

–No –respondió Val–. No lo es. Yo merezco algo mejor. Nosotros nos merecemos algo mejor. Lo siento tanto, Dev. Lo siento por lo que podríamos haber tenido. Por lo que nos hemos perdido.

Se alejó, pero él estuvo a punto de sujetarla.

Lo estaba volviendo loco. ¿No se daba cuenta de que lo que hacía era por el bien de los dos? El amor era una emoción inestable. No podían arriesgarse a construir una vida sobre algo tan intangible. ¿No comprendía que lo que él decía era lo correcto?

Ella se marchó, pero Dev siguió mirando fijamente la puerta del dormitorio durante un largo rato, con la mirada perdida. El vacío se apoderaba lentamente de la habitación en sombras y amenazaba con tragárselo a él también.

Si ella se iba de nuevo… No, no lo permitiría.

Tenía que hallar una forma de impedirlo. No podía perderla. No en ese momento.

Todavía estaba a tiempo. No se iría antes de los Oscar, lo que le daba por lo menos diez o doce días para hacerla cambiar de opinión. Sólo necesitaba encontrar las palabras adecuadas.

Dev sacudió la cabeza para alejar esos pensamientos y bajó las escaleras para entrar en el salón familiar de los Hudson. Necesitaba una copa del brandy que tomaba su padre.

–Tienes un aspecto horrible, hijo.

Dev se detuvo en el umbral de la puerta del estudio de su padre. Markus Hudson estaba sentado frente a la puerta, con un libro abierto en una mano y un vaso de brandy en la otra. Parecía un actor en un plató de cine. Un hombre disfrutando de un rato de ocio, rodeado de estanterías llenas de libros.

Ambos se alegraban de verse.

–He tenido días mejores –admitió Dev y señaló el brandy–. ¿Puedes darme una copa?

–Sírvete tú mismo.

No esperaba encontrarse con su padre, pero eso era precisamente lo que necesitaba. Su padre había sido su modelo, su inspiración, así que ¿quién mejor que él para comprender su desesperación?

Dev se sirvió un trago de brandy francés. Puso

una silla cerca de la de su padre y miró fijamente el líquido ambarino, como si buscara en él las respuestas a sus preguntas.

–Bien –le invitó su padre suavemente–. ¿Quieres hablarme de lo que te preocupa?

–No especialmente –dijo Dev con una risa entrecortada. Tomó un sorbo del licor y sintió cómo desaparecía la sensación que llevaba por dentro–. Pero creo que debo hacerlo.

Markus cerró el libro y miró a su hijo.

–Dispara –le dijo.

Dev no sabía por dónde empezar.

–Tú y mamá –dijo abruptamente–. ¿Habéis arreglado las cosas?

Markus frunció el ceño, tomó un sorbo de brandy y asintió.

–Sí. La he convencido para que me perdone.

–¿Le has pedido perdón? ¿Por qué motivo?

–¡Maldita sea! Eres igual que yo ¿no es así? –Markus sacudió la cabeza–. No todo es blanco o negro, Dev. Yo cometí muchos errores al principio de mi matrimonio. Aunque amaba mucho a tu madre, nunca la dejé entrar en mi corazón.

Dev sintió un nudo en la garganta e intentó disimularlo con otro trago de brandy, pero su padre continuó, como si no hubiera advertido la sorpresa de su hijo.

–Siempre la mantuve a distancia. Pasaba mucho tiempo en el estudio y casi nunca estaba con la mujer que amaba tan locamente –soltó una risa ahogada y continuó con tristeza–. Estaba seguro de que hacía lo correcto al mantenerme alejado de ella. Era una manera de impedir que mi matrimonio se adueñara de mi vida. ¡Maldita sea! Lo que logré fue que tu madre buscara en otra parte el afecto que yo le negaba.

–Ella no debió traicionarte –murmuró Dev y sujetó la copa de brandy como quien se aferra a una tabla de salvación en un mar agitado.

–Yo la traicioné primero –dijo Markus y puso los codos sobre sus rodillas–. La dejé fuera de mi corazón y me dije que era necesario. Cuando lo único verdaderamente importante en el mundo es el amor. Y la capacidad de darlo y de recibirlo.

Dev sacudió la cabeza. Nunca había imaginado que su padre fuera capaz de decir cosas como ésas, y cada una de sus palabras resonaba en su corazón una y otra vez.

¿Qué debía hacer?

–Dev, déjame decirte algo –dijo su padre suavemente–. Cuando seas viejo y eches un vistazo a tu vida, será más agradable recordarla con alguien a tu lado, porque si lo haces solo, querrá decir que tu vida ha sido un fracaso.

El silencio se adueñó de la habitación. Dev sólo podía escuchar el sonido de su respiración y el tictac del reloj de pared. Su mente volaba, su corazón latía fuertemente y sus pensamientos se sucedían uno tras otro, pero todos ellos tenían una sola cosa en común: Valerie.

–¿Cómo? ¿Cómo puedo hacerlo? –preguntó y miró a su padre, el hombre a quien había amado y admirado toda su vida–. ¿Cómo puedes confiar en alguien?

–Tú has encontrado a la mujer de tu vida, como yo. Date un respiro, hijo. Abre tu corazón antes de que lo pierdas todo. No seas como yo fui. Sé un hombre mejor. Más sabio.

Más sabio. Él creía que era sabio al mantenerse alejado de su mujer. Pero ¿qué clase de sabiduría era ésa que le hacía sentir como si destrozara su propio corazón al estar sin ella?

–Sabrina –exclamó Markus y sonrió ampliamente.

Dev se incorporó, giró hacia la puerta y vio titubear a su madre al verle allí.

¿Acaso esperaba que él la rechazara? ¿O que se alejara de ella? En fin ¿por qué no habría de pensarlo? Se había comportado como un imbécil durante las últimas semanas.

Dev dejó la copa de brandy sobre la mesa y fue a su encuentro. La abrazó y se estrechó contra ella como cuando era un niño, buscando el consuelo que sólo ella podía brindarle.

–Mamá, lo siento.

Sabrina soltó un profundo sollozo, le devolvió el abrazo y le acarició la espalda como solía hacer cuando era pequeño.

–Oh, Dev, querido. Yo también lo siento.

–Lo sé –dijo Dev sonriente–. He sido un estúpido durante años. Pero creo que finalmente lo he entendido todo.

Ella ladeó la cabeza y le sonrió, comprensiva.

–¿Sabe Val algo de esto?

–Lo va a saber ahora –dijo, y corrió hacia la escalera–. Deséame suerte.

–Suerte –susurró Sabrina mientras su esposo le prodigaba un tierno abrazo.

Val no podía respirar.

Abrió las ventanas del dormitorio que compartía con Dev y alzó su rostro al viento, pero no pudo lograrlo. Parecía como si el aire no pudiera entrar en sus pulmones, hechos añicos, como su corazón.

No podía creer que hubiera llegado hasta allí. Había tenido tantas ilusiones, tantos planes… Y amaba tanto a Devlin Hudson… ¿Cómo era posible que todo hubiera terminado tan rápida y dolorosamente?

–¡Val!

–Oh, Dios… –Val se frotó los ojos y se dispuso a afrontar lo que fuera que tuviera que pasar.

No importaba lo que él dijera. Ella no podía quedarse a su lado. No podía amarle sin esperar que él correspondiera a su amor.

Dev parecía correr de un lado a otro del apartamento, pero ella guardaba silencio. No quería que la encontrara así.

Finalmente, entró en el dormitorio y no tuvo más remedio que mirarle.

—Pensaba que te habías ido –dijo Dev.

—Te dije que me quedaría hasta después de los Oscar.

—Efectivamente, eso fue lo que dijiste. Mira, Val…

—Por favor, Dev –dijo Val y levantó la mano para que se detuviera–. Si no te importa, preferiría no volver sobre lo mismo esta noche. Estoy demasiado…

—Vengo a disculparme –dijo Dev y se le acercó.

—¿Disculparte? ¿Por qué?

—Por ser un necio –exclamó Dev–. Por no ser lo que tú necesitabas que fuera. Lo que los dos necesitábamos.

Valerie sintió que todo daba vueltas a su alrededor y tuvo que controlarse para no caer al suelo. Su corazón latía con fuerza dentro de su pecho.

—¿Qué has dicho?

—Que te amo.

La joven se tambaleó y él se apresuró a sujetarla. Sus fuertes manos le trasmitían la calidez de su tacto y aliviaban el dolor y el vacío que sentía.

—Te amo salvajemente. Apasionadamente. Desesperadamente. Te amo de la forma que tú piensas. Amo tu risa. Tus suspiros. Amo tus ojos cuando se asemejan al cielo en el atardecer, cuando las estrellas empiezan a brillar.

–Dev…

«Oh, Dios, ¿es esto real? ¿Realmente estoy escuchando las palabras que siempre he querido que pronunciara?».

–Eres lista, divertida y me haces pensar. Haces que sea un hombre mejor –Dev la atrajo hacia sí, la miró fijamente a los ojos y sonrió como nunca lo había hecho–. Pensé que podía mantenerte a distancia. Quería proteger mi corazón. Pero tú eres mi corazón.

–Oh, Devlin, te quiero tanto…

–Bien –dijo él sonriente–. Esto está muy bien. Quiero que nos marchemos juntos. Ahora. Tendremos la luna de miel que nunca tuvimos en realidad. Iremos a Bali, a Europa o a… cualquier lugar que desees.

–¿Ahora? –dijo Val riendo y sintió que la esperanza surgía dentro de ella como el más brillante amanecer que alguien pudiera imaginar–. No podemos irnos ahora. ¿Y los Oscar?

–No significan nada para mí –dijo y tomó la cara de Val entre sus manos–. ¡Al diablo con los Oscar! Tú eres todo lo que necesito.

Era como despertarse la mañana de Navidad y encontrarse con todo aquello que uno deseaba. Val rodeó el cuello de su marido con sus brazos.

–No te imaginas cuánto me ha gustado escuchar tus palabras.

–Es la verdad, Val. Toda la verdad.

–Lo sé. Pero aunque es maravilloso, ¿puedes decirme qué ha pasado? ¿Qué es lo que ha cambiado?

–He cambiado yo. Estar contigo, amarte, me ha cambiado completamente. Sencillamente, no quería admitirlo. Pero eso se acabó.

–Ya lo veo –susurró Val–. Y aceptaré tu oferta de la luna de miel en el mismo instante en que terminen los Oscar.

–De acuerdo –dijo él rápidamente–. Y hay algo más. Nos mudamos de casa.

–¿Qué? –Val se echó hacia atrás para mirarle a los ojos.

–Tendremos nuestra propia casa. En donde tú quieras –Dev hizo una pausa–. La casa que está al lado de la de Jack en Malibú está en venta. ¿Te parece bien?

–¿En la playa? –el corazón de Val quería salírsele del pecho; sentía que no podía con tanta felicidad.

Recordó la casa de la que él hablaba. Era estilo Cape Cod. Muy acogedora. Perfecta.

–¡Eso es maravilloso! –exclamó.

–Hecho. La compraremos mañana. Puedes redecorarla cada semana, aunque ya sé que me romperé las piernas con las mesas fuera de su sitio.

Valerie se rió encantada.

–Y tiene que tener una cocina grande –agregó Dev y la besó rápidamente, una, dos, tres veces.

–Con encimeras de granito –sugirió Val.

–Por supuesto –asintió Dev–. Val, vamos a crear nuestra propia familia. Nuestro propio hogar. Nuestros propios recuerdos y tradiciones.

–Con amor –agregó Val.

–Con más amor de lo que nunca creí posible –añadió Dev y sus palabras sonaron como las de un hombre que al fin había encontrado su camino.

–Oh, Devlin –susurró Val y lo miró con los ojos radiantes y el corazón desbocado. El hombre a quien amaba también la amaba a ella, y eso era lo que siempre había deseado–. ¡Calla y bésame!

–Tus deseos son órdenes para mí –le dijo él con una sonrisa llena de promesas.

Epílogo

En la cena de los Oscar, la mesa de los Hudson fue la más ruidosa. *Honor* se había llevado no sólo el galardón a la Mejor Película, sino también el premio al Mejor Director, Mejor Actriz, Mejor Fotografía... y muchos otros.

Tantos, que Devlin era incapaz de recordarlos todos. Pero eso era lo menos importante en ese momento porque él ya había ganado el mejor premio de toda su vida, y los Premios de la Academia sólo eran la guinda de la tarta.

–¡Por los Hudson! –dijo, levantando su copa de champán y mirando a todos sus familiares, reunidos en torno a la mesa–. Lo conseguimos. Hemos honrado la memoria de Charles y de Lillian Hudson y hemos hecho que el mundo los conociera tal y como los conocimos nosotros. ¡Y además lo hicimos con mucho estilo, el estilo de Hudson Pictures!

Todos los Hudson se deshicieron en aplausos y ovaciones.

Pero Devlin no había terminado todavía.

–Ha pasado un año, para todos nosotros –dijo, mirando a toda su familia, uno por uno.

«Ha sido Val quien me ha dado esto», pensó, agradecido por la gran fortuna con la que su familia había sido bendecida.

Había sido ella quien le había mostrado todas las posibilidades que había a su alrededor. Atrás quedaba aquel hombre taciturno y cerrado al mundo que una vez había sido.

Ella le había convertido en una persona completamente nueva, con tesón, amor y paciencia.

Y ya no podía imaginar su vida sin ella.

Sonrió y la tomó de la mano, todavía sosteniendo la copa en alto con la otra.

La música brotaba a borbotones por los potentes altavoces y el jolgorio de la fiesta era ensordecedor, pero Devlin apenas lo oía.

–Lo logramos. Todos nosotros. Los Hudson son una familia y ahí radica nuestra fuerza. Eso es lo que nos hace seguir adelante en la adversidad. Es nuestro apoyo, nuestro valor más preciado.

Sus palabras fueron recibidas con sonrisas y aplausos.

–¡Por la familia! ¡Por todos nosotros! Y el próximo año… ¡Lo volveremos a hacer!

Todos los miembros de la familia rieron y le ovacionaron con fervor.

Dev tomó asiento, miró a su esposa y sonrió.

–Te quiero –le dijo.

Ella le devolvió la sonrisa y se inclinó para sellar el momento con un beso que prometía una ardiente celebración privada.

–Ya sabes que nunca me cansaré de oír eso.

–Gracias a Dios –dijo él suavemente.

Cuando sus padres abandonaron la mesa para ir a bailar, ella se acercó un poco más.

–¿Todavía tienes fuerzas para otra sorpresa? –le dijo al oído.

–¿Viniendo de ti? Siempre.

–Creo que estoy embarazada.

Dev se volvió bruscamente, la miró con ojos de asombro y entonces se echó a reír a carcajadas.

–Prométeme algo –le dijo en un susurro, tirando de ella y abrazándola con adoración.

–Lo que quieras –dijo ella, sonriendo.

–Nunca dejes de sorprenderme.

Deseo™

Confesiones de una amante

ROBYN GRADY

Cuando Celeste Prince descubrió que el millonario Benton Scott había comprado la empresa de su familia, decidió recuperarla como fuera. Pero el guapísimo Benton la atraía como ningún otro hombre y su bien urdido plan sólo conseguía llevarla a un sitio: su cama.

Benton dejó claro desde el principio que sólo podía ofrecerle una aventura. La pasión entre ellos era abrasadora, pero los sentimientos de Ben seguían helados y Celeste sabía que sólo una dramática colisión con su difícil pasado podría derretir su corazón.

Tal vez aquella pasión conseguiría
hacerle sentir de nuevo

Bianca™

Era la novia más apropiada para el siciliano...

Hope Bishop se queda atónita cuando el atractivo magnate siciliano Luciano di Valerio le propone matrimonio. Criada por su adinerado pero distante abuelo, ella está acostumbrada a vivir en un segundo plano, ignorada.

Pero las sensuales artes amatorias de Luciano la hacen sentirse más viva que nunca. Hope se enamora de su esposo y es enormemente feliz... ¡hasta que descubre que Luciano se ha casado con ella por conveniencia!

Un amor siciliano

Lucy Monroe

Deseo™

Apuesta segura

MAUREEN CHILD

Todo el mundo hacía lo que Jefferson King ordenaba. Salvo la gente de cierto pueblo irlandés que había "comprado" para su última producción. Y, cuando el magnate cinematográfico llegó al pueblo, descubrió por qué todos se habían vuelto contra él: había dejado embarazada a una de los suyos.

Parecía como si hubiese estado evitando las llamadas de Maura Donohue, aunque no era así. De hecho, no podía olvidar la noche de pasión que habían compartido.

Estaba dispuesto a organizar una boda digna de una reina para la futura mamá. Pero Maura no quería un matrimonio sin amor… y Jefferson no pensaba ceder en ese punto.

*La inapropiada novia de King…
¿y un niño?*